手斧男孩

Gone to the Woods

Surviving a lost childhood

落難童年求生記

[蓋瑞・伯森 Gary Paulsen ◎著
顏湘如◎譯]

野人

目錄

本書必須獻給我的新編輯魏斯．亞當斯，
還有整個Farrar Straus Giroux與Macmillan團隊。
很高興經過這麼多年終於與你們相遇。

第一部

農場

一九四四年

嚴格說起來他不是孤兒，卻是個被遺棄的孩子。一九三九年他出生時，父親當兵去了。他父親是鐵血將軍喬治・巴頓麾下一名低階軍官，整個二次大戰期間人都不在，直到他七歲那年，父子倆才終於相見。他四歲時，母親帶著他到芝加哥（說用拖的可能比較貼切），在一家製造二十毫米砲彈的軍火工廠工作。她從小在明尼蘇達州北部一座小農場長大，穿的是手工縫製的麵粉袋洋裝，幸運的話，每星期可以賺到二十五分錢。現在她有固定的時薪，零用錢好像怎麼也花不完，但卻一點也抵擋不住大都市生活的誘惑。她整天忙著酗酒狂歡，再也沒時間也沒心情好好撫養兒子。

關於她新展開的生活型態的傳聞，不知怎地傳回了明尼蘇達州北部，傳到男孩的一小撮親戚耳裡。他外婆在替一群築路的老人煮飯，因為幾乎所有年輕人都被徵召上戰場去了。他們築的路通往加拿大，一般認為假如戰爭拖得太久，或是美國遭受攻擊，就會需要一條連接美國與加拿大內陸偏遠林區的道路。當時，誰也沒有把握美國不會再度受到侵略。日軍偷襲夏威夷珍珠港的太平洋艦隊，六個月後又侵略阿拉斯加的阿留申群島，這兩起事件都還讓人記憶猶新、餘悸猶存。

外婆先是對母親頗有微詞，接著開始擔心，最後簡直嚇壞了，因為聽說她不僅自己出去瘋玩，還帶孩子一起上酒吧，讓他穿著迷你軍服爬上桌子唱歌：「母馬吃燕麥，就是吃燕麥，小小羊兒吃藤蔓。小娃兒也要吃藤蔓，對不對？」只不過用他五歲的娃娃音唱出來就成了：「母馬吱燕麥，就四吱燕麥，蝦蝦羊哦吱登蔓，蝦娃哦也要吱登蔓，對不對？」他唱的這首傻氣歌曲為她吸引到更多人的注意。

他覺得超級好玩，因為那些想認識他母親——一個不管走到哪裡都能吸引目光的金髮碧眼女子——的男人，會賞他一大堆可口可樂、巧克力棒、炸雞和漢堡，由於戰爭時期食物的配給嚴格，這些東西都很難取得。於是年僅五歲的他，漸漸在軍事工廠附近的各家啤酒吧出了名。

時間當然是恆常不變的，但他從經驗感受到，在不同的人生階段，時間的步調也不一樣。年紀大了，會覺得歲月飛逝，但年紀小的時候，很小的時候，每週每日卻像是用爬的，甚至像是停止不動。他在芝加哥酒吧「工作」、替母親吸引男人注意的那段時期，只持續一個月左右，感覺卻好像就這樣生活了一輩子。後來，當外婆的心情從驚嚇轉為深深的憤慨，她隨即出面阻止，將他從她心目中浪費生命的墮落生活中拯救出來。

外婆解決這個問題的方式深深影響了他未來人生的發展。從很早開始，她的思考方式便教導他要以非常務實又簡單的方法處理問題：「這邊」行不通，就到「那邊」去。

那年夏天在芝加哥，是外婆第一次向他做了示範。她覺得他的生活在「這邊」行不通，而她在明尼蘇達州北部的農場「那邊」，有多到數不清的親戚可以幫忙，更何況也可以把他帶到自己身邊來，她在加拿大南部荒地替築路工人煮飯，住在簡陋的活動灶棚，睡的是行軍床。

簡單。問題解決了。只要讓他脫離大都市聲色場所的魔爪，再從數不盡的家族農場中找一座可以收容他的，把他送過去，最後再接他來一起同住在灶棚的拖車上就行了。她寫了一封簡短俐落的信，命令他母親送他坐上芝加哥的火車。

他母親聽命行事，把他丟到火車站，讓他先搭六百五十公里的車到明尼亞波利斯，接著轉搭另一班較慢的北部森林列車，繼續北行六百五十公里。抵達明尼蘇達州美加邊境上的國際瀑布城後，會有一個見都沒見過的人來接他，走完最後一段艱辛路程，將他帶到外婆相中的第一座農場。

他，一個五歲孩童。一個人孤孤單單、無依無靠。

他搭這趟火車時，戰爭方興未艾，無論全世界或美國各地，都有眾多人潮來來去去。大批軍民拚死拚活地在城市與城市之間、在東西岸之間移動，有人要去打仗，有人打完仗回來，有人**正在**打仗。空中交通工具——飛行高度與距離有限、設計簡單的雙引擎螺旋槳飛機——對一般平民百姓而言可以說是不存在，而且汽油、輪胎和機油都是受到嚴格管制的戰爭物資，幾乎不可能買到，因此不管距離遠近，開車上路也同樣不可能。

不過鐵軌倒是四通八達，也就是說凡是想要在任何實際距離間移動的人都會搭火車。因此，無論哪一天、哪一站或哪個時間，每班火車**無時無刻**不是擠滿了人。短程、長程、慢車、快車——都無所謂。只要夠幸運能找到位子（軍人有優先入座權），大家就會搭火車。

母親拎著他的小紙板行李箱，帶他到芝加哥火車站。她在他褪色的燈芯絨外套胸口別了一張紙條，上面潦草寫著他的名字與下車地點，又往他口袋裡塞了一張五元鈔票，敷衍了事地抱他一下，便將他交給列車長。那是個上了年紀、看起來和藹可親的人，戴著富蘭克林發明的雙焦眼鏡，拿著一把剪票用的銀色打洞器，他向母親保證會「好好照看」小男孩。但母親才一轉身，他立刻將男孩塞在兩名準備回家養傷的士兵中間的座位，然後人就消失不見了，整趟旅程再也沒見過他的人影。

士兵當然讓男孩心生敬畏，而且他有好多問題想問：他們有沒有殺死任何一個德軍或日軍？他們認不認識他爸爸？他們的步槍呢？只可惜，大概是吃了止痛藥的關係，他們從芝加哥到明尼亞波利斯的一路上都在昏睡。他只能偷偷看著從繃帶滲出的血漬，來滿足自己對他們的好奇。

這班車雖然號稱快車，卻幾乎是龜速前進。從芝加哥到明尼亞波利斯本該十或十一個小時可以抵達，但因沿途停站無數，將車程拉長到整整超過一天一夜。

沒多久男孩就覺得無聊，然後開始坐不住，於是他把行李箱推進座位底下，靜悄悄從兩個熟睡的男人中間挪移出去，動身前往各節車廂探起險來。他馬上就察覺到這列火車其實就像一間行動醫院，幾乎每個座位都坐著傷患，其中許多人的傷勢比列車長安排坐在他兩旁的人都還要嚴重。他看到有人半身打著石膏；看到有人肩膀手臂打了石膏，使得手臂往側面突出；看到無數包紮滲血的傷口；看到因為燒傷而發紅、發亮的可怕傷口；看到有人缺手缺腿。

他在那列火車上看見的戰爭樣貌和呈現在一般大眾眼前的不一樣。當時離電視普及的時代還很遠，但每個街角都可以看到報攤的報紙報導士兵打仗、被槍砲擊中而喪命的新聞。偶爾可能也會刊登某個敵軍士兵屍體的照片，不過那些照片總是「乾乾淨淨」，照片上頭的屍體完好如初又整潔，看起來就像在睡覺。報紙上絕不會出現皮開肉綻的傷口、肚破腸流或被炸得四分五裂的屍體，又或是爬滿蒼蠅和蛆的燒焦肉體。

然而在這裡，在列車上，他看到的是殘酷的現實，是打仗所要付出的真正代價。他還太小，不太能理解眼前的景象。儘管如此，他畢竟知道美國是個很大的國家，到處都有鐵軌，還有其他數不盡的火車，因此他心想，如果每列火車都有這麼多受傷、肢體殘缺的人，怎麼可能還有人能上戰場打仗？

在他走過那些車廂以前，多少以為就算有哪個美軍士兵不幸被槍砲擊中，頂多也只是一點皮肉傷，稍微包紮一下，很快就會痊癒。他根本沒想到會有人受這麼重的傷。

他搖搖晃晃地從一個車廂走到另一個車廂，看見為數驚人的傷患，聞到血和傷口令人發膩的味道、藥用酒精令人作嘔的氣味和尿騷味的惡臭，頭不禁暈了起來。

他小心翼翼跳過車廂間匡啷作響的縫隙，通過了三四節車廂後，終於來到餐車車廂。他聞到食物油炸至酥脆的濃烈味道，但是這股味道卻仍無法完全掩蓋過傷者的氣味。

他猛然想起父親。母親的梳妝臺上有一張父親的黑白照片，雙頰的部分用手指塗上粉紅色，使他顯得更栩栩如生一些，而她在娛樂其他男人的時候會把照片蓋起來。男孩心裡納悶：父親是否也像這些男人一樣坐在某班列車上？是否獨自一人？更糟的是，會不會他們都還沒機會碰面他就走了？想到這裡讓他好想吐。

他縮著身子，在靠近車廂末端的角落裡乾嘔，忽然有個穿著漿挺白色外套的高大男子出現在身後，從他上方探出身子，模樣有如活動雨遮。男子用雷鳴似的低沉嗓音問道：「小兄弟，你怎麼吐成這樣啊？」

「因為我爸爸，」他邊吐邊喘著氣說：「他去打仗了，我想……他可能也在哪裡坐著像這樣的火車……可能也像這些阿兵哥一樣受了傷……我說不定永遠都看不到他了。」

這個名叫山姆的服務生伸出長而強壯的臂膀摟住男孩，嘴裡發出細小的聲音，好像來自遠方的歌聲，輕輕柔柔地，直到男孩的情緒平靜下來。

「別擔心，小兄弟。」山姆低聲說：「你就別太擔心了。你爸爸不會有事的，不會的。」

男孩瞄了抱著他的服務生一眼。「你怎麼知道？」

「我看見了。」他回答道：「我從你身上看見了。你在發光，你散發著好的光，從外到內，從內到外，全身滿滿都是，亮到晚上都可以用來看書了。你爸爸不會有事的。不過這裡頭有一些孩子……」他的聲音逐漸轉弱。「這裡有一些孩子被迫提早長大，他們需要幫助。你想不想跟我一起來幫助他們？」

男孩聽不懂他在說什麼，但山姆的聲音是那麼撫慰人心，眼神是那麼親切和藹，他不由得點點頭。「我想幫忙。」

「那好，你來提這個裝滿三明治的桶子，我提裝著好喝果汁的這一桶。你跟著我，把食物分給肚子餓的人，我的果汁就分給只是口渴的人。」他說完便往餐車前頭走去，男孩尾隨在後，兩手抓著沉重的銀色桶子，短胖的腿努力地快步跟上。

當他們走到餐車前方，進入一般客車車廂後，他挨個兒走到傷患旁，只要是醒著的人，就發送食物給他們，而山姆則遞上他桶內的好喝果汁。傷兵們幾乎都不想吃東西，但大多數人似乎都想跟山姆討他桶子裡的褐色飲料來喝一口。那瓶子就跟他在芝加哥看見母親陪客人喝的那種飲料瓶一樣。

有很多人對他們露出微笑，但也有些人面無表情。這些人好像什麼也沒看見，尤其當他們啜飲瓶內飲料時，眼神始終看著其他地方，遙遠的地方，視線穿透他們，徹徹底底地穿透，就好像山姆和男孩根本不存在，就好像**他們自己**也不存在，甚至火車也不存在，一切都不存在，無論是過去或是未來。

多年後，當男孩自己也從軍了，他會想起這些人與他們凝視的目光。直到那時他才會理解腦海中那種撕扯、迸裂、燒灼的畫面，那只有上過戰場的人才可能理解的畫面，以及所謂「千碼凝視」的空洞眼神。

當然了，五歲時的他並不知道這些。他只看得出他們好像神情恍惚。他和山姆將銀桶內的食物和飲料發送完畢，又回到餐車將桶子重新裝滿——那些人喝褐色飲料的速度比吃三明治快多了。這段時間裡，傷兵們沒有發出一點聲響，火車上的所有乘客宛如幽靈一般。

來回到了第三趟，也或許是第四或第五趟時，男孩已經體力透支，身子開始歪斜搖晃，不像是在走路。也不知道事情是在什麼時候，又是怎麼發生的，總之山姆把他連人帶桶一起抱回到餐車尾端的座椅。他睡得完全不省人事，直到幾個小時後，感覺有人輕推他的肩膀才醒過來，一睜眼就看見山姆低頭衝著他微笑。他蜷縮著躺在椅子上，身上裹著一條淡綠色的柔軟毛毯，醒來前正在作一個讓他覺得充實、舒適的好夢。雖然不記得夢的內容，他卻不想醒來，不想失去那種感覺。

「我們到了，小兄弟。」山姆再次推推他的肩膀，說道：「到明尼亞波利斯了。列車長得帶你下車，把你送到另一班車上。醒醒啊，睜開你的眼睛看看我。」

男孩實在太睏，又累到骨子裡，怎麼也醒不過來。他閉著眼睛，感覺到有人將他抱起，交給另一個人——另一個上了年紀、很像前一個列車長的人。他抱著男孩下車，走入列車間流動的人潮，在月臺上將男孩放下（儘管男孩還沒完全清醒），然後緊緊牽著男孩的手穿過無數男男女女。男孩跟在他身邊，被他一隻手拖著，跌跌撞撞地往前走了好久好久，最後又來到另一列火車前，再次被交給另一個男人。這次這個列車長穿著深色制服，戴了一頂類似軍人戴的小黑帽，他也一樣抱起男孩，放到兩個車廂之間的平臺，然後在自己爬上階梯後，拉著男孩走向寬闊的車廂尾。

他也把男孩塞到座位上，並且替他蓋上粗粗的毛毯。這次車廂裡只有男孩一人，這班車上沒有傷兵，幸運的是也沒有半點酒味和尿味。

「你就待在這裡。」列車長說：「列車開了以後，我會給你拿一點吃的和喝的來。」說完人就走了。

頓時間，男孩整個人清醒了過來，他東張西望，發現這一列火車和前一班不同，車廂雖然乾淨卻老舊許多，也比較破爛，座椅的皮面龜裂，走道的橡膠地板也多處破損。稍後他還會發現車上沒有餐車，也沒有服務生，不過列車長很快便拿來三明治和一小瓶牛奶，他就坐在客車車廂的座位上吃了起來。

填飽肚子後他又有了新發現，那就是位在車廂末端的廁所，雖然還是乾淨得亮晶晶，卻根本不是為小男生所設計。此時他已完全清醒，他離家將近整整一天，現在吃飽喝足了，需要去上個廁所。男孩以前有過許多尷尬到無地自容的經驗（通常發生在母親叫他上臺唱歌的酒吧裡），因此他發憤圖強，後來終於學會正確使用大人的尿桶，讓他感到驕傲無比。於是，當列車長向他指出洗手間的位置，他便信心滿滿走進全金屬廁間，反手將門拉上。

不料車上的便器與酒館裡或他居住的公寓裡的廁所都截然不同。這一個便器有很複雜的橫槓、拉桿和閃亮的鐵製旋塞，而且座墊離地面太高，他只好扶著附有鐵蓋的捲筒衛生紙架爬上去。

他驚慌又狼狽地在座墊上站了一會兒，但是自尊心不容許他退出門外，去找列車長求助。何況他的肚子已經十萬火急地往外凸，一刻也耽擱不得了。

因此他脫下褲子，像個挑戰攻頂的聖母峰登山客，緊抓住捲筒衛生紙鐵架，蹲了下來。想當然耳，這馬桶座是專為大人尺寸的屁股設計的，而他只有五歲，個頭又比同年齡的孩子小。他開始辦起正事，不料手一滑，整個人就像石頭一樣掉進馬桶，屁股朝下卡在裡頭，肩膀抵住馬桶座背，兩隻膝蓋就在臉頰兩側。以這種姿勢卡住後，他再也摸不到唯一能當成把手的衛生紙架，無法把自己往上拉出來。

忽然一陣敲門聲傳來，讓他驚覺自己不只是被困在馬桶裡，而且還是在一輛有許多人需要共用一間廁所的火車上。

外面的人起先還禮貌地輕輕敲門，此時已經不耐地轉動起門把。男孩慌張起來，更加奮力掙扎，卻反而讓自己愈陷愈深。

他為了脫困，安靜而狂亂地努力片刻之後，廁所門打開了（謝天謝地，他沒鎖門）。站在他面前的是一名身穿毛料軍服的軍人，左臂的袖子上有幾條橫槓，右臂的袖子則截掉了，肩膀到胳臂處打了石膏，使得他的手臂直挺挺地側伸出去。

「我卡住了。」男孩說道，以免軍人看不出來。

「至少現在沒有人向你開槍。」

「你就是那樣嗎？有人趁你卡在洞裡的時候開槍打你嗎？」

他沒有回答這個問題。「你需要幫忙嗎？」

男孩點點頭，將雙手舉高。

受傷的軍人往前傾，微微扭身以免被姿勢怪異的石膏手擋住，然後用完好的那隻手抓住男孩雙手，使勁將他一把拉出馬桶。接著他禮數周到地轉過身去，男孩便用厚厚一疊衛生紙將自己清理乾淨、穿好褲子，並暗自希望自己身上不會有尿騷味。

「你呢，**你**需要幫忙嗎？」男孩忽然想到士兵的手臂在這個狹小空間裡，可能會像他個頭太矮小一樣碰到問題，便開口問道。他同時暗想著，所謂大人是不是就得像這樣幫助另一個人脫離困境？

對方搖搖頭。「我已經很熟練了。」他揮揮手讓男孩出去，男孩便回到自己的座位。過了許久士兵都沒出來，男孩不由得擔心也許他終究還是需要幫助。不過他終於還是出來了，對男孩輕輕點了個頭，然後往車尾方向走去，在一名女子身邊坐下，打石膏的手臂往走道上突伸。他們開始低聲交談，男孩聽不見談話內容，卻見軍人一臉嚴肅，女子則指指他的手臂，隨後望向窗外，似乎在生他的氣。男孩目睹如此私密的一幕，不禁難為情地轉頭看著窗外。

已是日暮時分，天就快暗了，他往後靠坐，沒有整個人躺下來。要不是火車走走停停，他很可能會睡著。鐵軌兩側有數不盡的小農場向外延伸，而每當經過一小群看似農場中心聚落的建築物（其實應該說是簡陋破屋），火車就會停。每站停靠的時間都不長，可是總會有一些人下車（通常是軍人，不管有沒有受傷），也會有人上車，往往是年長婦女提著農場上撞得凹凸不平的鍍鋅桶，桶裡裝滿食物，分送給車上的人。其中一個婦人給了男孩兩顆水煮蛋和一份大大的三明治，那是切得厚厚的自製麵包塗上厚厚一層味道像奶油的鹹豬油，再配上巨大肉塊，分量都足夠讓一個體型瘦小的人吃上兩餐了。她還給他半公升裝的熱牛奶，濃郁又香甜，裡面想必加了蜂蜜或糖。他吃了一部分三明治，喝了一點牛奶，便將牛奶罐的蓋子蓋上，並用前方座位上的報紙包起剩餘的三明治，然後他將吃剩的東西塞在隔壁座位的角落裡，用食物撐住牛奶罐以免打翻，接著往後一靠，闔上眼睛，一轉眼就睡著了。

儘管火車走走停停、進程緩慢，但在列車的輕輕搖動下，他進入了深沉無夢的睡眠。最後醒來時，他人已經躺下，縮在位子上，而且再次有人在他熟睡時替他蓋上厚毛毯。

在他熟睡之際，先前在廁所遇見的傷兵和那位女士已經在某一站下車，車廂裡幾乎只剩他一名乘客。他又吃了些三明治、喝了牛奶，然後剝了一顆水煮蛋，把蛋殼放進座位扶手上的菸灰缸。在把蛋囫圇吞下後，他重新轉頭面向窗子，頭靠著玻璃窗。

雖然男孩又飽又睏，卻睡不安穩，還夢見父親坐在火車上，臉頰和照片中一樣塗得粉紅粉紅的（這是他唯一見過他的模樣），而周圍的其他士兵卻全都看起來蒼白虛弱。隨著列車北行，暮色緩緩降臨，逐漸轉暗的光線籠罩成一片灰濛濛，這是遙遠的北方地區常見的景象。此時景致驟變，平緩起伏的小山、整治照顧得一絲不荷的田地，以及田地間彷彿精心剪裁的帶狀闊葉林慢慢消失，開闊的農地逐漸被濃密森林所取代。

他醒來時，天光已經大亮。他看見樹木長得又密又亂，猶如在和鐵路爭道，密密匝匝的，簡直連手都伸不進去，而且顏色青蔥翠綠，那種綠就像他的綠色蠟筆——那盒蠟筆是母親在酒吧的一個朋友送他的，企圖藉此討好他母親。

認真說起來，火車比在南部時走得更慢，時不時就會在一個前不著村、後不著店的地方停車。他凝望窗外，偶爾會看見鐵道沿線出現一間小小的棚屋或小木屋。連綿不斷的森林當中散布著許多小湖，有時候火車會停在碼頭附近，只見碼頭邊停著一兩艘船等著接送旅客上路。

醒來時肚子餓了，他吃掉第二顆水煮蛋，又吃了一點剩下的豬油肉排三明治。他又得上廁所了，不過令他自豪的是，他利用高射弧線解決了先前便器太大的難題。

回到座位後，男孩繼續看著林木飛逝而過。他看見鐵道旁的明淨草地上有幾頭鹿，也許還有一隻灰色狐狸或瘦巴巴的野狗，還有天曉得多少隻的兔子。還有一次，在鐵軌跨越小溪的地方，他看見了一頭熊。隨著火車慢慢行駛，那頭熊似乎不受驚擾，還立直起身子看著火車駛過。男孩覺得熊在看他，直盯著他的眼睛（至少感覺是這樣），看起來好自然，好像人一樣，讓他忍不住心想：不知熊有沒有名字？如果有，會叫什麼呢？

卡爾吧，他暗忖。之所以取名為卡爾，是因為熊的渾圓肩膀和棕色眼睛，讓男孩想起他們在芝加哥一個名叫卡爾的鄰居，他的口氣裡老是有純威士忌的味道，但一直對男孩很好，即使男孩在走廊上奔跑，不小心踢翻他門邊的牛奶瓶，他也不介意。

雖然卡爾（那個鄰居）嘴裡老是有純威士忌的酒味，卻對男孩很好，讓男孩心想那隻名叫卡爾的熊應該也很和善，而這麼一想之後，便開始對黑熊卡爾做為家的森林產生好感。不知怎地，看見了熊也讓他更仔細地看見其他東西。那不只是一座森林，而是一群樹木、一片草地、許多湖泊與睡蓮浮葉，儘管他人在火車上透過車窗看著樹木移動，卻同時變成林木的一部分，或者說得更準確的話，是林木進入了他，是林木長進了他的體內。

男孩希望置身其中。他對森林幾乎一無所知，只看過書上插圖畫的仙境，生活在裡面的小小人兒都蹲坐在蕈菇傘下。但是他認為，不，他**知道**，那個地方適合自己。因為他看見的不只是森林，而是每一棵樹，他想去觸摸每片樹葉、每根松針，想打赤腳走路，去體會腿腳碰觸到青草的感覺。他需要去聽、去看、去聞、去摸那一切。森林將會是他想住的地方，這個信念讓他不禁面露微笑。雖然有點想家，也想念母親、酒吧，還有當他穿著軍服唱歌時買可口可樂和炸雞和糖果給他的那些男人，可是一旦看到、認識，進而渴望起森林、草地與湖水，他思念的那些似乎全都消失了。

他背靠著座椅，頭歪向一邊，開心地看著樹木從窗前飛掠而過。但由於旅程讓他疲憊不堪，他的眼睛一會兒閉上、一會兒睜開，最後還是闔上了，他再次打起盹來，直到列車長來叫他，並提起他的紙板行李箱。

他眨眨眼，望向窗外，天還亮著，約莫下午三四點鐘。列車長伸手扶男孩站起來。

「你要在這裡下車。」他說：「會有人來接你。」

男孩還有點迷迷糊糊，站不太穩，但列車長牽著他的手，他便跌跌撞撞跟著走到車廂尾，來到外面的小平臺，跨下滑溜的金屬階梯（因為階梯高度太高，他下去時還得靠人幫忙），然後踏上由泥土與木條築成的路堤。在這個土木結構路面的另一邊，軌道的對面，立著一棟粗鋸松木板搭建的簡陋小屋，上面掛了一塊亮黃色標示牌寫著：第43營。

「你去站在小屋旁邊，離軌道遠一點，然後乖乖等著。」說完這話，列車長便對一個從火車頭側窗探出身子的人擺擺手，隨後爬上階梯。在煞車鬆開的嘶嘶響聲中，火車緩緩起動，微微加速，過了一個平緩的彎後，旋即消失在遠方的森林中。

留下男孩獨自一人，在森林深處。

不過當他轉身背向軌道、走向小屋，卻看見一道車轍穿過森林後止於此地的痕跡。林間空地上停了一輛破破爛爛的小貨車，他心想大概是被人丟在那裡的。

一個人影也沒瞧見。儘管他本來住的城裡就有成千上萬的老舊轎車和貨車（因為戰爭配給限制的緣故無法製造新車），但他從來沒有看過這麼破爛的車。他猜想那應該是廢棄的舊車，被棄置在那裡，沒有人要。那本來想必是某種舊款轎車，但原始車體被劈開，車尾加裝了一個木造箱型結構，才變成類似小貨車的模樣。有一些生鏽金屬七橫八豎地從車斗突伸出來，其中丟置著老舊麻布袋和垃圾。原本應該是擋風玻璃的地方，卻只見一片四格窗用看似晾衣繩的東西綑綁固定。最不可思議的是，車主用褪色的橡皮條纏起小口徑木輪充當車輪。

整輛車就像是用褪色黑漆將鐵鏽東一塊、西一塊地黏貼拼湊而成。

忽然間，他強烈意識到自己只有一個人，覺得好孤單。四下裡除了森林、小屋和沒入遠方的軌道之外，什麼都沒有。他正打算坐到小行李箱上大哭，忽然看見一個老人踉蹌著從貨車旁的濃密灌木叢走出來，一面拉起滿是補丁的吊帶工作褲。

第二次世界大戰徹底影響了生活的每個層面。由於配給限制嚴格，在民間市場可以說完全找不到多種基本物資，諸如糖、麵粉、肉和幾乎所有蔬菜。如今已經找不到橡膠來製造輪胎和管子，汽油也只能購買到極少量，而且只能在特定日子使用限定的配給票購買。

美國人生活上最重大的改變就是很明顯地少了年輕人，他們多半要不是暫時離家去從軍，就是永遠為國捐軀了。家園只剩下婦女和無法當兵的老人，所以常常會見到老年人在工作：開計程車、收垃圾、送冰塊（當時電冰箱尚未普及，多數人用的是名副其實的「冰箱」）。

但是男孩從沒看過這麼老的人。他的背駝得厲害，整個人幾乎對折，從樹林拖著腳步走向貨車時，垂在身側的兩條手臂像猩猩一樣擺晃著。他八成好多年都沒刮鬍子，而且那把大鬍子看起來像是用鋒利的刀子或鈍剪刀胡亂割剪的。他的下巴正面沾有吐口水和嚼菸草滴下的唾液汙漬，即使從男孩站的地方也能看見。

這時他啐了一口，吐出一大坨褐色口水，然後用袖子隨意抹抹下巴，接著看見男孩，便大手一勾，示意男孩穿越鐵軌到他身邊來。

男孩沒有動，倒也不是嚇壞了（在城裡他見過更可怕、更骯髒的人），但兩條腿似乎就是不聽使喚。

老人又再次揮手。

男孩還是不動。

「你是蓋瑞。」這不是提問，而是直接陳述，而且說話聲音沙啞，還咕嚕咕嚕響，很刺耳。

男孩點點頭。

「你是蓋瑞。」他又說一遍，並接著說：「我是來接你的。」

他說話帶著濃濃的北歐口音，加上聲音裡的奇怪聲響和口水的咕嚕咕嚕聲，讓人幾乎聽不懂他在說什麼。

「是二妹叫我來的。」他聲音嘶啞地說。「我來帶你去找她。」

啐。

「尤妮絲是老大，愛蒂絲是老二。」

啐。

尤妮絲，男孩母親的名字。聽起來很熟悉。

「我來帶你去找愛蒂絲。過來上車吧。」

他知道自己有個阿姨叫愛蒂絲，雖然從來都只聽別人喊她愛蒂，但這已足以讓男孩有行動的動力。他費勁地把小行李箱放上貨車，再順著木板往裡頭推。

這輛改裝貨車既沒有門也沒有後座。男孩繞到副駕駛座那邊，爬上所謂的前座，但那裡其實沒有坐墊，只有一個髒兮兮的麻布袋蓋在裸露的彈簧圈上。從以窗戶臨時權充的擋風玻璃，他可以透過下半邊的窗玻璃看見前方。貨車沒有車門可關，只有一個寬闊的開放空間，而且唯一能攀附的就是座位的彈簧圈。他不認為貨車會啟動（又或是能啟動），所以也就不怎麼擔心自己會掉出去。

老人來到駕駛座側，站在那裡又是咻咻喘氣，又是吐痰，然後看著男孩。

「我叫奧維斯。路線上的人都叫我奧維斯，所以你也可以叫我奧維斯。西格和愛蒂絲他們住得很遠，走路走不到，這上面沒有電信局，連可以偷聽的共用電話線路都沒有，所以他們不知道你什麼時候會到。」自從認識奧維斯以來，這是男孩聽過他所說最長的一串話。「他們叫我每天查看一下路線，等你來了就接你過去。」

「路線是什麼？」

「送信路線。我會按照路線送信到農場去。這本來是派德森那小夥子的路線，可是他打仗去了，就換我接手直到他回來。本來有馬和馬車，冬天裡還有雪橇，可是馬得了疝痛死了，我現在只好開自己的舊貨車。」

他邊說話邊把身子探進車內，按下儀表板上一個大按鈕，接著動手調整位於方向盤正下方的機柱左右兩側的桿子。

「車子停了一段時間就很難發動。」話一說完，他走到貨車前面。男孩方才就注意到車頭有一支曲柄從散熱器下方框架的孔洞裡跑出來。奧維斯一手放到車頭頂蓋上，另一手往下伸，並抓住曲柄猛力一轉。

沒動靜。整輛貨車依然安安靜靜。

他咒罵一聲，又轉一次。貨車還是無聲無息。他又咒罵一句，這次罵得更大聲，雖然男孩聽不懂（事後回想起來，他認為那應該是挪威話），但從奧維斯的表情看得出來那不是好話。那是鉅細靡遺的詛咒，是骯髒下流的詛咒。

「節流閥！」奧維斯大喊，被菸草染黃的口沫與痰飛濺到窗子上。「方向盤油管上的桿子！把它開大一點呀，小鬼！把桿子往上推幾格。」

此時此刻，男孩看清了三件事。第一，在曲柄旁破口大罵的奧維斯幾乎真的是「口吐白沫」。第二，一個人竟能對車子如此飆怒，讓男孩害怕到了極點。

第三，桿子有兩根，不止一根。

男孩不敢問他哪根才是節流閥的桿子，暗自心想：要是一根桿子有用，兩根應該更有用，於是他伸手一使勁，把兩根桿子一起推到頂點。

其中一根的確是節流閥桿。

把它往上推，能將更多氣體送進引擎。猛力推到底之後，他送進了**大量**的氣體，比用來發動或甚至行駛所需的氣體多太多了，這當然是很不保險的做法，足以讓引擎變成幾乎不受控的不定時炸彈。

另一根桿子則是用來調節點火時機，以便即時點燃進入引擎的氣體。

也就是說兩根桿子不見得更有用。事實上，兩根桿子一起猛力推到全開，根本是大錯特錯。

而男孩正是這麼做。

如果點火的時機調得剛剛好，正巧就在曲柄轉動引擎的那一刻，火星便會點燃霧化的油氣，使引擎依手搖的方向適當運轉，曲柄也會平順、安全、和緩地順勢脫離轉動者的手。

假如點火時機稍有誤差，結果只不過是無法啟動引擎罷了，不會發生什麼事，原先奧維斯試圖發動車子時就是這種情形。

但是……

但是如果引擎湧入大量的易爆氣體與油霧，就像現在這樣，而點火時機又錯得離譜，譬如將時機調節桿用力往上扳，同樣也是像現在這樣，那麼引擎就會在**完全錯誤**的一剎那啟動，也就是當活塞處於**最最糟糕**的位置之時。不僅引擎不會發動，事實上當氣體在活塞頂部發生爆炸時，還會以不可思議的強大力量迫使引擎飛快地**倒轉**。

這樣可不行。

而且那爆破能量有不少（應該說是大多數）會回傳到曲柄，導致曲柄反向瘋轉，而引擎發出的猛烈力道便會全打在試圖轉動曲柄以發動引擎的人的手、胳臂和身體上。

起初男孩聽見一陣「轟轟」的聲音，震得整輛貨車晃動起來，緊接著是一道震耳欲聾的巨響，彷彿轟隆砲聲，引擎蓋側面的通風口隨即竄出一道火光，引擎室也吐出一團高溫的煙霧，氣體上升化為一朵熾熱的灰色蕈菇，而奧維斯就駕著這團雲霧飛過煙幕，嘴裡同時迸出一長串挪威語髒話。

原來曲柄突如其來的反衝力震得他的手僵硬發麻，還將他整個人震飛出去，摔進一旁的雜草與灌木叢中，模樣十分狼狽。

他的身體看起來就像兩條腿從一堆冒煙的骯髒破布間伸出來。男孩暗想：他要是沒死，一定會殺了我。他不知道剛剛是怎麼回事，卻知道是自己的錯，因為每次錯的都是小孩。

那堆冒煙的破布好久都沒動。不過最後終於輕輕抖了一下，晃一晃，然後慢慢地（非常非常慢地）坐起身來，又變成一個老頭子了。接著他從前面往後轉，翻身跪趴，但沒有站起來，而是手扒著土壤，從樹叢與泥土處爬過來。爬到貨車旁之後，他攀著車起身，以駝背的姿勢站立，而這段時間裡，兩眼始終瞪著坐在另一邊前座的男孩。

那目光看進了男孩眼眸深處，看進了他的人生與未來，遠遠不止是直視他的雙眼而已。同一時間，奧維斯喘著氣乾咳，往自己雙腳間吐了口痰，一面顫顫巍巍地舉起手，將兩根桿子往下拉回中間位置，然後他喉間繼續發出咻咻、沙沙、咕嚕咕嚕的痰聲，目光越過男孩頭頂，喘著氣說道：

「火星有點太多了。」

到最後，引擎終究還是發動了，奧維斯不斷來回地前進後退，好不容易才讓車子上路出發。不過這輛車和男孩以前見過的轎車或貨車都不一樣。從下方塵土移動的速度看來，車速最快差不多就和他跑步的速度一樣，而且車子不是直線行駛，而是有點蛇行，它會自動往左滑，隨後又滑回右邊，呈和緩的S型路線，讓男孩覺得他們好像在水上漂。他後來才知道車子之所以如此移動，是因為木輪乾透的輪輻已略微鬆脫，讓奧維斯不得不時時轉動方向盤導正方向。

可能是因為這樣他才會對著車子說話。西格（愛蒂的丈夫，所以是他姨丈）後來告訴男孩，奧維斯駕駛馬車和雪橇的時間太長了，又隨時都在跟馬說話，已經習慣一面趕路一面用挪威話怒罵。男孩心想，看他跟車說話的樣子，想必真的很討厭那匹馬，但是西格卻說人不可能討厭馬。他還說，你倒是可能隨時都很討厭車子，因為車有引擎，而引擎老是會在你需要它的時候讓你失望——你討厭引擎，也就跟著討厭車子了。而且車子很吵、味道又臭，你很難不去討厭一樣又吵、又臭、又會讓人失望的東西。

引擎聲音實在太吵雜，就算奧維斯用挪威話說話和罵人也無所謂。光是引擎發出的噗噗、噗噗聲便已震耳欲聾，車上的其他東西似乎也隨時都在嘎答嘎答響，每次只要一開始爬坡（偏偏到處都有斜坡），這刺耳的噪音還會變本加厲，座位底下也會傳來一陣低吸。

「使勁啊，搞什麼東西，給我爬上那個坡去，趁我還沒……別，你**不行**，你這木板釘的臭傢伙……**撐**過去，不然我就拿磚頭上去砸死你，砸到全郡的車都跟著痛。」接著他改說挪威話，卯起來亂罵一通，一下吐痰、一下乾咳，一下眼看男孩就要跌下車（時不時就會發生），又得連忙抓住他的外套，然後喘口氣、吐一大口痰，一切又重新來過。

要開多久的車，男孩沒概念。那道路根本也稱不上路，只是一對消失在遠方的泥土轍痕，有時候在許許多多的小山或轉彎的某一處，路還會窄到兩邊的樹木幾乎就要在車頂相碰，讓人感覺他們彷彿行駛在長長的綠色隧道裡。

男孩暗忖，那風景一定很美，只可惜他無暇欣賞，因為車子歪來扭去，還在車轍間顛進顛出，讓他隨時處於掉落車外的千鈞一髮之際。車上唯一能抓附的只有座位底下裸露的鐵絲，幫助實在不大。每當他開始往外傾斜，奧維斯就會用爪子似的手抓住他的外套領背，猛地把他拉回來，但因為用力過猛，總是讓他一路撞到奧維斯那邊去。這時候，奧維斯會罵男孩、罵貨車、罵全世界，然後把他推回去，偏偏推得太大力，又讓男孩差一點跌下車。

於是奧維斯便不得不再次將男孩抓過來又推回去。

一次又一次，一次又一次，伴隨著引擎**噗噗**、**噗噗**的怒吼聲、座位底下不知從哪發出的低啞呻吟聲，以及陣陣咒罵聲。每回奧維斯看著男孩大罵，男孩就會被咖啡色、溼溼的，而且黏黏的口水噴得滿臉。

也弄不清過了多久，他們來到一個孤零零站在路邊的信箱前，男孩看見另一對車轍轉進信箱旁的小路，沒入看似濃密的樹林裡消失不見。奧維斯停下車來。

「下車。」他說著往小路上的車轍吐了口痰。「你到了。」

「哪裡？」男孩什麼也看不見，只看見密密的樹木與矮叢，形成了一條比他們一路上經過的綠色隧道都更像隧道的小路。「還有多遠？」

「不遠。」他唾沫橫飛地說。「離這裡不遠，可是貨車不能開進去。」

「為什麼？」男孩邊問邊尋思道，如果他連貨車都不敢開進去，他一個人矮腿短，還拎著紙板行李箱的五歲孩童，進去以後會怎麼樣呢？

「有狗。」

「狗？」

「牠會追著跑。」

「牠很兇嗎？」男孩心裡想的是：牠會吃小孩嗎？

「牠討厭輪子，會追在旁邊跑，還會把輪胎咬到沒氣。戰爭結束以前，我可弄不到新輪胎。」他又啐一口，喉嚨咕嚕咕嚕響。「所以我不開進去。下車吧。」

男孩乖乖照做（其實他也沒得選），並走到車後拖出行李箱。奧維斯伸長了手，從綁在駕駛座側的帆布包裡取出一個信封交給男孩。「喏，順便幫我送信。」

「我要怎麼去？」男孩站在原地，抱著行李箱，信封擺在上頭。

「從那邊走。」他伸出一根爪子似的手指指著。「不要也行。你可以在這裡等到他們出來拿信，不過他們不會每天來，你可能得過上一夜。」

好啊，男孩暗想，我就過一夜，在這裡，一個人，太好了。

就這麼道別後，奧維斯將節流閥桿往前推，整輛車子開始噗噗噴氣、嘎答作響，沒多久他就走遠了。男孩大吃一驚，有點不敢置信，沒想到他那麼快就消失不見，也沒想到那轟然作響的巨大噪音，竟似乎一瞬間便安靜下來，悄無聲息。

一時間，四下萬籟俱寂，他耳裡只聽得見自己的心跳聲。但再沒一會兒，樹林的聲音湧入，取而代之：有鳥叫蛙鳴，有微風吹動樹葉的窸窣聲，還有不知什麼在陰影中匆促急行的聲音，聽起來有些笨重。

他盡可能壯起膽子，至少是兩害相權取其輕：既然不想在這裡等，還不如順著小路走下去。他很想用跑的（恐懼真是再好不過的動力了），但是帶著行李箱，速度根本快不起來，因此他踉踉蹌蹌走著，感覺彷彿永遠走不到盡頭似的。才走了約莫十五公尺，他忽然聽到新的聲音：一道響亮的嘶嘶聲，千真萬確，像極了會要人命的蛇。他朝小徑更深處望去，看見一隻與路同寬、身形巨大、搖搖晃晃的灰白色怪物，正以怪異角度張開雙翅，顯然就要衝上前來攻擊他。

他在火車上聽到一些軍人說，有時候你會不知道該打還是該跑，但他一點也沒有這個困擾。他馬上丟下箱子和信封，轉身打算沿著原路跑回大路去。

但有兩件事讓他止步。

第一，那頭怪物從一團渾沌不明的死神形象變身成一群清晰可見的鵝。看見鵝群明顯就要衝過來，他還是害怕極了，但至少覺得鵝不會吃了他，若換成是不明怪物當然就難說了，因為所有的不明怪物總會吃人。大人讀給他聽的每個童話故事裡都這麼說：小孩子總是會被怪物吃掉。

第二，他發現緊跟在鵝群後方有一隻全身毛茸茸的龐然大狗，只見牠縱身一躍，擠進鵝群當中，左吼右咬，兇狠得都能聽見牠牙齒相撞的聲音。頓時間鵝毛和鵝大便（他聞得到）滿天飛濺，但鵝非但沒有逃跑，反而還向著大狗反擊，也因此無暇他顧。後來男孩將鵝群攻擊大狗的事情告訴西格時，西格說那群鵝「可是拚了老命狠狠地教訓那條狗」。

後來得知狗的名字叫雷克斯。從空中飄散的羽毛數量看來，雷克斯的表現可圈可點，而且還讓鵝群忙得團團轉，讓男孩有時間收拾起行李箱和信封，繞行過混戰場面。他快步離開狗鵝戰場，走了還不到二十公尺，就看見一個人影出現。

是愛蒂絲姨媽。

「愛蒂。」她的身影簡直有如一場夢。冷不防地就出現了，就像一場美夢。

「嗨。」

她穿著縫滿補丁的吊帶工作褲和運動衫，戴了一頂破爛草帽，臉上笑容燦爛，連藍色眼睛的眼角都閃閃發光。她張開雙臂說道：「哇，小傢伙，你到底是從哪冒出來的？」

「芝加哥。」他說著跌入她的懷抱，當下，那真是他前所未有的美好感覺。

「我從好遠好遠的芝加哥來的。」

「那麼，」她緊緊摟著他問：「你一路上都好嗎？」

他看著她的臉思索，回想起了：在火車上的嘔吐、受傷的軍人、可怕的味道、改搭北行列車、看見湖泊森林、拿著食物飲料上車的人、溫熱濃稠而且好像還透著些許牛味的牛奶、孤單一人，真的是**孤孤單單**，接下來一下是改裝貨車，一下又是森林和各種氣味，還有奧維斯。天哪，他心中暗叫，因為太多火星而被曲柄打飛出去的奧維斯。然後一個人被丟在森林裡，真的是**孤孤單單**一個人，接著因為怕被鵝群怪物吃掉而嚇破膽。這一切該怎麼告訴她呢？

他吸了一口氣說道：

「我卡在馬桶裡了。」

自己的房間

愛蒂和西格的家園是個童話般的農場，一棟有紅色門窗鑲邊的小白屋，坐落在聳入雲霄的橡樹林間。其他建築物，包括雞舍、工作坊、儲藏庫和一間小倉房，也都漆成同樣顏色，看起來好像男孩在圖畫書裡看到的彩繪農舍。

他到達的前一天想必下過雨，因為雞都在水坑邊忙著追大水蟲或是找蚯蚓。有三隻小貓顧著追雞群和飛蟲，而毛色金黃發亮的母貓就在一旁照看著。至於雷克斯，就是那隻大戰鵝群的狗，則是找了一塊有陽光的青草地趴躺下來。雷克斯才剛安頓好，兩隻小貓便對著牠動了一下的尾巴展開攻擊，但牠似乎並不在意。牠繼續前後揮動著毛茸茸的尾巴，讓小貓有個撲抓的對象。男孩從大狗的身邊經過時，牠呦叫了一聲，那是從肚子裡發出的低沉吼聲。

男孩立刻停下腳步，對愛蒂說：「那隻狗不喜歡我。為什麼？」

愛蒂原本提著男孩的行李箱走在前面，這時卻回過頭放下箱子，搖搖頭說：「不是因為你，雷克斯是在對鵝低吼，牠不喜歡那群鵝。」她指向男孩身後，於是他轉過頭，才看見那一大群鵝竟然安安靜靜地跟著他走了將近三十公尺回來。當他面轉向鵝群時，有兩隻鵝高聲嘶鳴，並低下頭張開翅膀。

「牠們要攻擊我嗎？」

「有我跟你在一起就不會。」愛蒂哈哈大笑，說道：「我們為了誰當老大討論過一兩次，最後決定老大是我。」她又提起他的行李箱，起步往前走。「走吧，我帶你去你的房間。」

「我有自己的房間！」他從來沒有屬於自己的房間。他只記得從來都只有小到不能再小的套房，睡覺要睡在沙發上，或是地板上。在他的記憶中，他住處裡的每樣東西好像都灰灰暗暗，就連白天也一樣，他從來沒想過能有自己的房間。多數時候，屋裡都只有威士忌、啤酒、嘔吐物和菸草的味道，還有微弱光線挾著車聲與鄰近的高架列車聲，從骯髒的百葉窗穿透進來。

「只給我一個人？一個**真的**房間？」

愛蒂沒有回答，只是打手勢讓男孩跟著她進屋。他們先是經由一道狹窄的紗窗門廊來到廚房，一踏進去，誘人的香味立刻撲鼻而來，讓男孩忍不住又停下了腳步。有烤麵包香、煎培根香、剛擠出來還溫溫熱熱的牛奶香，還有裝在黑色大鑄鐵鍋裡的燉肉香，他聞不出那是什麼肉，只是饞得口水直流。他環顧四周，看見原木流理臺上有兩條剛出爐的麵包，顏色好像新鮮蜂蜜，另外在木柴爐灶上方的保溫架上有個平底鍋，裡面有一條條煎好的煙燻培根。

聞到又看到食物以後，男孩才驀然驚覺自己飢腸轆轆，但愛蒂仍繼續穿過廚房、經過爐灶，轉過轉角後，眼前出現一道六十公分寬的樓梯通往二樓。愛蒂走在前面，手裡仍提著行李箱，而且樓梯又窄又陡，因此在爬上頂端前，男孩什麼也看不見。

那其實不算正式的房間，而是個開放式的閣樓空間，有一扇老虎窗。原來這扇窗面向東邊，也就是每天清晨太陽出來的方向，窗外可以眺望一座矮矮的山丘，上面種著與男孩肩膀齊高的玉蜀黍。山丘和緩地連綿起伏，盡頭是一道森林綠牆，背後襯著藍天，整個景象看起來好像印在窗上的一幅畫。

窗子旁邊有一張單人的兒童銅架床，床上擺了一顆巨大枕頭和一條厚厚的被子，男孩後來才發現，枕頭和被子填裝的都是鵝絨。

床邊有一個床頭櫃，櫃子上放著一小壺水，旁邊還有個玻璃杯。那個杯子是給他用的。

給**他**的。

他坐在床沿哭了起來，但不是像先前害怕鵝群怪物，或是害怕奧維斯因為引擎火星太多而狠狠瞪他的眼神，那種愛哭鬼的哭法，而是輕輕掉落的快樂眼淚，幾乎沒有哭溼眼睛的淚水。愛蒂見狀坐到他身邊摟著他，他也不在意讓姨媽抱著。愛蒂說：「來這裡沒有什麼好傷心的。」

「不是傷心。」男孩低聲說。他的臉靠在姨媽的圍裙兜上，可以聞到他終其一生都記得的「愛蒂味」，那個氣味糅合了溫暖的陽光、新鮮出爐的麵包和肥皂味。

「我從來都沒有我自己的……」什麼呢？他暗想，我自己的什麼？房子？房間？地方？對了，沒錯，他從來沒有自己能待的地方，除了餐桌底下。每當母親……每當他母親喝醉酒，找工廠的男人回來狂歡，他都會跑到餐桌下面。**地方**，就是這個。他從來沒有自己能待的地方。

「……水。我從來沒有自己的水，放在自己的床邊，在自己的房間裡，在自己的家裡。」他深吸一口氣。「不是傷心，是快樂，就只是快樂……」

他們倆默默坐了一會兒。男孩的肚子忽然冷不防地咕嚕咕嚕叫，愛蒂聽見了。

「你餓了嗎？」

「我可以吃點東西。」他說。

「那就吃一塊厚厚的新鮮麵包塗蜂蜜，配一杯牛奶好嗎？」

不料他吃到的可不是一般的蜂蜜麵包和牛奶，而是切得厚厚的**溫熱**新鮮麵包，厚到像他兩隻手疊起來那麼厚，還抹上粗鹽奶油和一層塗得滿滿的蜂蜜，那蜂蜜存放在爐邊架上的一只罐子裡，都已經結晶了。另外還有一杯牛奶，濃醇到幾乎可以咀嚼，而且為了讓它達到滿分，愛蒂還往裡頭攪進一大匙同樣的蜂蜜。

男孩咬下一大口後，想到了上帝。雖然以前在他唱歌的酒吧裡，常常聽人用上帝的名諱咒罵，他卻很少想到祂。可是咬下這第一口溫熱的蜂蜜奶油麵包，卻讓男孩想到祂了。他一邊咀嚼著美味的食物直到下巴痠痛，一邊心想這一定是上帝的關係，無論是麵包、蜂蜜、奶油、食物的味道，或是所有東西的結合。

一定是上帝。

男孩想對愛蒂說說自己的感覺，卻想不出適切的語句，不知該怎麼說才恰當，於是他轉頭微微一笑，含著滿嘴的食物說：「謝謝你。」

「不客氣。」愛蒂說著，用左手撥撥他的頭髮，同時將麵包刀放回廚櫃架子上。「等你吃完，我們還有一些活兒要做。」她拿起爐子上一個灰色金屬大壺倒了一點咖啡，在男孩大口嚼麵包時小口啜飲著。「我們不如就讓你馬上幹活吧。」她微微一笑，隨即乾掉剩下的咖啡，然後他們便一起出門去。姨媽的腳步其實並不急，男孩卻幾乎要以衝刺的速度才跟得上。

「西格去跑山採菌菇，可能要天黑以後才會回來，所以我們得靠自己了。我已經擠完牛奶，可是還要撿雞蛋、餵雞和豬。」

「他晚上去跑步？」

姨媽笑說：「不是的，我的意思是說他去山裡工作。現在是晚春，山丘和山脊北邊會長菌菇，可是你得去找，因為每年長的地方都不太一樣。而且今天是滿月，所以天黑以後他還是看得見路回來。也就是說他會盡量工作一整個白天，天黑以後才回家。」

「你們要用菌菇做什麼？」男孩腦中浮現他在童話書裡看見的彩繪菌菇，菇傘底下還住著一群小人兒。

「吃啊。」愛蒂說：「我們會先把菌菇放在門廊上晒乾，這樣就可以放一整個冬天。等入了深冬，用來燉煮野味再好吃不過了，它們能夠在你最想念陽光的時候，為你帶來夏天的味道。」

「野味是什麼？」

「天哪，你的問題還真多。」她又笑起來，男孩發現愛蒂的優點之一就是笑口常開。「西格這下可頭大了，我是說你問題多多這件事。他話不多，有時候可能一整天也說不上一句，要跟上你的問題，對他應該是很大的考驗。」她吸了一口氣接著說：「我說的野味指的是鹿肉。」

男孩暗自好奇他們怎麼會有鹿肉，因為他還不了解打獵這回事，但他不想馬上再問更多問題，便不再多想，乖乖跟著姨媽進雞舍。

新的氣味湧上，是雞糞與充滿粉塵的乾草味，刺激得他兩眼泛淚。愛蒂伸手從旁邊的櫥櫃裡取出一個袋子和一個舊錫桶，然後指向對面牆邊的一排木箱，男孩可以看見有幾隻雞正坐在裡面，而且似乎並不介意他們的存在。愛蒂將桶子交給男孩說：「在桶底放一點乾草，然後去雞窩撿蛋，再輕輕放進桶子。我去外面給雞撒飼料。」

男孩只有五歲大，從來沒有待過農場，就算很小的時候曾經待過，他也一點都不記得了。這是他頭一次和到處跑的雞、兇惡的鵝、大棕狗和帶著小貓的母貓相處，一切對他來說都很新鮮，都是嶄新的經驗，就像那些氣味刺得他眼睛灼熱、皺起鼻子一樣。可是愛蒂似乎覺得他會知道該怎麼做。於是他移步到雞窩箱，往第一個箱子裡頭瞧，發現裡面有兩顆蛋。由於他從來不太知道雞蛋是怎麼來的，這下倒像是找到寶藏了。下一個窩裡坐著一隻雞，他伸手過去時被母雞給啄了，他便往下一個去。再下一個窩有三顆蛋。於是他一個接著一個走過去，其中四個窩裡有雞，但另外八個都沒有，他便撿了這八個窩的蛋。

總共十四顆蛋，對他來說仍然像是找到寶藏似的。他走到外面，聽見愛蒂像唱歌一樣喊著：「來啊來啊，啾啾啾。」她邊喊邊從袋子裡掏出一把又一把的種子飼料往外揮撒。雞紛紛從穀場的四面八方跑來，開始扒抓啄食種子。

「我撿了十四顆蛋。」男孩略帶自豪地說。

姨媽點點頭。「應該還要多一點的。」

「有些窩裡有雞，我不想吵到牠們。有一隻還啄我。」

她又點點頭。「那是伊芳，牠下蛋的時候脾氣都很不好。」

男孩不得不問。「牠們為什麼要下蛋？」

姨媽看了他許久，彷彿不確定他是不是在開玩笑。「如果蛋受精了，母雞孵上一陣子，替蛋保溫，就能孵出雛雞來，也就是小雞。」

這時他又有更多問題想問了：牠們孵的蛋有哪一顆變成新的雞嗎？母雞要怎麼做才能讓蛋孵出小雞？為什麼不是**所有的蛋**都能生小雞？但他發覺自己問得太多了，而且愛蒂邊說話還一邊忙著。她把飼料袋放回庫棚，走向倉房旁邊的豬圈，這回他同樣要跑步跟上。

豬圈裡有兩頭豬。愛蒂將掛在釘子上的桶子取下來交給男孩，說道：「你去雞舍旁邊的水槽提一桶水來。」

男孩從來沒有從水槽提過水，但愛蒂好像還是覺得他會，所以他就去做了。他找到一個大木槽，可是水很重，桶子又大，等他回到豬圈時，水桶已經灑出三分之一的水，而且多半都潑到他衣服上面，結果愛蒂又叫他回去多提一點，然後她才越過豬圈欄杆把水倒進豬槽。接著她拿起倉房門內的另一個袋子，往加了水的豬槽裡倒入一種厚實的穀類混合物，豬隻立刻一頭鑽進水裡。牠們會憋住氣，把鼻子浸在水裡，齁齁地吃著泔水。豬一邊發出嚄嚄聲，一邊咕嚕咕嚕噴著水泡，看起來快樂無比，這景象讓下一件新鮮事顯得不那麼令人困擾。至少不算太困擾。

豬糞的味道比雞糞還臭。

而這次還是一樣，他根本來不及問問題（例如，為什麼豬糞比較臭）也來不及出聲，愛蒂已經往屋子走去。「現在我們要餵飽自己。」

男孩幾乎是跑著跟在後面，全身溼透，走動時發出窸窸唰唰的聲音。到了屋前，愛蒂轉身遞給他一條粗毛巾，指了指門邊架子上的洗臉盆。另外有個裝著乾淨井水的桶子放在地上，她往洗臉盆倒了一些水，然後指著旁邊一塊感覺像是用沙子做成的肥皂說：「把手跟臉洗乾淨，洗完以後，就可以上桌吃燉肉了。」

男孩聽見姨媽在廚房裡乒乒乓乓地忙活，一下是把木材放進灶裡生火，一下又是把鑄鐵鍋挪到火最大的地方。當他把臉和手都弄乾了之後（雖然褲子還是溼的），便坐到餐桌前面。像這樣坐在椅子上，他才慢慢察覺到兩件事。

這一整天，包括他的整趟旅程與到達目的地與幫忙農活等等，全部都是一片朦朧，好像那是發生在別人身上的事，他只能從圖畫中看見，但就連圖畫本身也是模模糊糊。除此之外，他真的是筋疲力盡，簡直已經累到頭昏眼花，身子怎麼也直不起來，不斷地癱軟下陷。他把手肘撐在桌上，用手抵著下巴，一眨眼就睡熟了。

從那時起，他只記得一些片段。有人將他抱起，帶他上樓，脫去他的溼衣服，把他放到柔軟無比的床上，並用感覺像砂紙的手替他蓋好被子——他原以為是愛蒂，但那人有新的氣味，是濃濁的木柴煙味夾雜著濃重汗味。接下來便只作了一個關於芝加哥和母親的夢，夢愈來愈遠、愈來愈遠，最後消失不見。

男孩其實不太確定，以下三件事究竟是哪一件喚醒他的。是陽光從窗口灑入照在他臉上，還是他急著想上廁所，又或是一道低沉的男人嗓音從廚房穿過樓梯傳上來？

隨後他聽見愛蒂的聲音問道：「我是不是應該上去叫他起床了？」

男人的聲音說：「想想看他做了那麼多事，經歷了那麼多事。讓他再睡一下吧。」

「他都沒吃燉肉，一定餓了。」

「餓不死的。」

「小男生需要吃很多。」

「他也沒那麼小。」

「唉，你呀……」

「唉，我呀……」

此時，男孩已經幾乎快尿出來了，便起床穿上褲子（在他睡覺的期間已經乾了）和T恤。他找不到鞋子，心想，管他的，就直接赤腳下樓。真的是尿急了。

廚房裡充滿陽光，和他的房間一樣（他心裡就是這麼想的：**他自己的房間**，彷彿他一直都住在那裡），光線照在餐桌上形成一個大圓圈，宛如聚光燈。

桌邊的陽光下坐著一個他從未見過的男人。男孩得知那男人的全名叫西格爾，但愛蒂與後來的男孩都只喊他西格，他看起來……男孩當下也不知該如何形容他。愛蒂曾難得幾次到城裡找男孩的母親，但每次都是一個人，西格從未陪同，所以男孩始終沒有機會見到他。

男孩在酒吧唱歌的時候，看過很多在戰爭工廠工作的男人，但不知為何，他們好像都不屬於那裡。他們老是喝醉酒，要不就是一面灌酒一面大聲嚷嚷，或是小聲說些捏造的、雞毛蒜皮的謊話，試圖接近他母親。那些人看起來都有點格格不入。

可是第一次見到西格，男孩就覺得不管西格身在何處，看起來都像是**本來**就屬於那裡。他坐在木餐桌前的木餐椅上，好像那裡是特地為他訂製的座位，並且用傷疤累累、看似用粗皮革做成的雙手，捧著一杯熱騰騰的咖啡，而那咖啡杯就好像一直都在那裡，一直被他捧著。

他頭髮灰白，剪得短短的像鋼絲一樣，還有一雙目光如電的藍色眼睛。

「要尿尿嗎？」他面帶微笑對男孩說，男孩則極力自持，盡可能不扭動身子。

「很急。」男孩說。

「到外面院子的大丁香花叢去尿。」愛蒂說。

「真的嗎？」男孩從未在院子的花叢裡尿尿過，以為姨媽在開玩笑。他們倆都露出微笑。「真的嗎？不是在廁所？」

「暫時是這樣，」她點點頭說：「這裡只有一間屋外廁所，在很後面，但我想你應該沒辦法用。」

說好多話喔，男孩心裡暗想。尿水可不管你說不說話，想尿就得去尿，光說話是行不通的。真的想尿尿的時候，什麼事都不重要了。

於是他往外跑，邊跑邊在緊要關頭憋住尿。地上不知道什麼東西黏黏的，鑽進他的腳趾間，他暗想應該是泥巴，因為昨天晚上下過雨，但他不在乎，現在唯一要緊的就是趕到花叢去。溫熱的泥巴滑膩地擠壓進他的腳趾縫，最後，大片的丁香花叢**終於**到了，這裡比任何廁所都好、都近，像庇護所、像朋友，解放的快感真是無與倫比。

辦完事後，他轉過身看見愛蒂等在門邊，手裡拿著一桶水和一塊抹布。

「給你擦腳的。」她說：「我剛才來不及警告你。晚上為了安全起見，鵝群會進院子來，待在屋旁，大家都說這世上再也沒有比鵝……」她沒把話說完，男孩則低頭看著自己的腳。

他的腳趾。

擠入腳縫間的不是溫熱泥巴。

是鵝大便。

他兩隻腳的腳趾全都是灰灰、綠綠、白白，又滑又黏的鵝大便。剛才他直接踩著鵝大便一路跑向丁香花叢，現在必須走回愛蒂拎著水桶等候的地方。糞便幾乎是遍布滿地，儘管男孩努力踮著腳走、努力避開、努力走得幾乎像太空漫步，還是沒能成功，最後來到階梯前時，腳上和腳趾間又沾了更多鵝大便。

愛蒂將水桶和抹布交給他。「全部清乾淨，腳趾間要仔細擦。清完以後就進來吃早餐。」

感覺好像擦了永遠那麼久，男孩才終於得以將桶子放到一旁，回到廚房。西格依然坐在那裡啜飲咖啡，男孩進來時，他一語未發，但嘴角似乎帶著笑意。不是自以為是或揶揄，而是友善的笑容。男孩這才發覺他們倆大部分時候都帶著笑容，不然至少也是帶著笑意。

「上桌吧。」愛蒂指了指一個盤子，旁邊還擺了刀叉和湯匙。她從爐子叉起三塊小鬆餅，放到男孩的盤子上。「罐子裡有覆盆子蜂蜜糖漿，用你的湯匙淋到鬆餅上。」接著她又用同一把叉子，從另一個平底鍋鏟起三片肉，放到他的鬆餅旁邊。

男孩覺得自己絕對吃不完這麼多食物，但他錯了。他一開動便似乎停不下來，沒多久，不僅吃完了鬆餅，連肉片和杯子裡的濃醇牛奶也一點不剩——牛奶裡面還加了一點覆盆子糖漿。

「你吃完以後，去碗槽洗盤子和餐具。」愛蒂努努下巴，指向櫥櫃架末端的雙水槽。

他不確定能不能發問，但他有個問題非問不可。「我得要去倉房的水槽拿水來洗嗎？」男孩的腦海裡出現可怕的畫面：他一面提著水桶走，水一面往外濺，穿過遍地鵝大便時，跌倒摔進糞便中，弄得全身都是水和鵝大便。

「用碗槽邊那個手壓幫浦就好。屋子裡面就有水了。你以為我們是牲畜啊？」

原先他沒發現，此時才看見碗槽右側有一個小小的紅色手壓幫浦。他也從來沒有自己洗過碗，所以從壓槓桿讓水流出來，到刮除殘留糖漿，再到洗清杯子的牛奶餘漬，花了一點時間。等他洗完後重新坐回桌邊，輪到西格起身，拿著自己的盤子到碗槽前清洗。他頭也不回地對男孩說：「去穿鞋子，順便穿上長袖上衣。」

當下，男孩知道了，他知道有件事發生了，一件重要的事。西格對男孩說話的方式就像對待另一個男人。不是小孩，而是成年人。他沒有說要怎麼去做，要怎麼穿鞋或怎麼找衣服，只叫他去做。愛蒂也是一樣，就好像把男孩當成大人，甚至不只如此，還是一個有歸屬的人。歸屬於一個家庭。

忽然間，他們成了一家人，以前從來沒有人這樣跟他說話，沒有人會把他當成大人，當成真正的人，都只當他是一個需要人看管照顧，不然就會打破東西的小孩。一個會做錯事的小孩。一個只能躲到餐桌下面等情況好轉的小孩。

第二部

河流

帆布獨木舟

「我們會順流而下到河水切過山谷的地方。」西格對愛蒂說：「大部分的菌菇都長在那裡。現在已經開始東冒一點、西冒一點，再過一天應該就有很多了。」

男孩站在原地聽著，於是西格看著他又說了一遍：「去穿鞋子，再穿一件長袖上衣。」

「要去多久？」愛蒂問。

「不一定，兩三天吧。」

「你覺得他有辦法應付嗎？」

「就算還不行，也要變得可以。他得堅強一點，就像在大都市生活那樣。」

看見西格走出門，男孩認為自己也應該跟著出去，於是他胡亂綁好球鞋鞋帶，從行李箱找了一件上衣，隨後便追上去。到了門廊上，西格停下來拿起一捲毯子和一個舊背包。他將鋪蓋捲交給男孩（這鋪蓋捲幾乎和男孩一樣大），接著把背包掛到自己肩上就走了。男孩只能勉強跟在後面，那毯子的大小與重量讓他走得歪歪扭扭、一顛一顛的。不久，西格已經超前許多，當他從倉房邊轉了彎，男孩便不見他的蹤影。

男孩走在屋前院子的車道上，大約走到一半時，看見他的鵝群立刻引吭嘶鳴，並準備衝向他，幸好雷克斯跳了過來，男孩這才得以脫身。他慌慌張張、手忙腳亂地繞過倉房角落，迅速逃離鵝群的視線範圍。他看見西格正在穿越倉房後面的牧草地，要前往的地方似乎是個長形的池塘，但原來那是條小河，河水緩緩蜿蜒於柳樹與高長的水草間，流經農場進入森林。

許多年後，男孩會發現這條河位於兩座荒野湖之間，而這兩座湖在地圖上的直線距離約莫是八十公里。但河水的路線並非筆直，若是沿河而行，恐怕至少得走上一百六十公里之遠。當時的他沒有去想河水可能流向何處，只是一心急著要追上西格，等他好不容易追到時，西格站在一樣東西旁邊，那東西看起來像是被拉上岸，倒蓋在河畔長草堆中的一艘船。

那是一艘五米半長的獨木舟，以狹長木片製成，外面包覆著一層帆布，帆布上還塗了厚厚的綠漆以便防水。船身上東一塊、西一塊的黑色瀝青，是補漏用的，而當西格把獨木舟翻過來時，男孩看見底下躺著兩根划槳。

西格將獨木舟前端推入水中，然後取過男孩身上的鋪蓋捲，連同他自己揹的背包，一起放到舟艇中央。接著他把船繼續往水中推去，船的前端已漂浮起來，但位於他所站位置的後半部船身仍然還在岸上。

「上船。」西格說道：「拿起一根槳，跪到船的前面，別坐到橫桿上。」

男孩暗忖，好啊，本來就已經有那麼多新鮮事了，現在又多一件。他依然猶豫不決，以為西格會再多說一點，會再多教他一點。他從來沒坐過獨木舟或任何一種船隻，所以該怎麼做，他毫無頭緒。

可是西格沒再出聲，只是扶著船尾，等待著。於是男孩心想（隨著年紀漸長，這個想法會一再出現）：肯定不會有事的，因為……

因為西格叫他這麼做。

假如西格認為男孩做得到，他必定有能力可以完成。於是他爬上船，扭著身子爬過鋪蓋捲和背包，拿起船槳，安坐在小艇前端。隨後西格也上了船，在他將船推離岸邊時，男孩感覺到一股衝力和一陣滑行，然後獨木舟就浮在水面上了。

男孩緊抓著獨木舟邊緣，因為整艘船似乎都晃得好厲害，他覺得好像就快翻船了。但他很快地回頭一瞥，看見西格正跪著控制獨木舟的運行，而隨著他前後挪動著身體重心加以平衡，小舟也逐漸平穩下來。

西格划了一下船槳，獨木舟便十分快速地射入河流當中。男孩的頭隨之猛地往後仰，讓他不由得又緊緊抓住船沿。

「划槳。」西格說：「像我這樣跪著划槳。」

你說得簡單，男孩心裡暗想，卻不敢坦白說出來。以前每當他要唱歌，酒吧的男人又不肯安靜下來時，他總會對著他們大吼大叫，還被他們說是人小鬼大。但也不知道為什麼，他就是十分確定現在玩這套不管用。

在接下來這段看似漫無止境的時間裡，他有太多事情要忙，無暇像個小鬼頭一樣回嘴。光是要採取跪姿就難如登天，好像無論如何都會把船搖翻掉入水中。然後還有那根比他高出整整三十公分的船槳。當他好不容易跪下來，試著把槳越過船沿放入水裡時，不料卻一個失手，把整枝槳弄掉了，試圖伸手去抓的時候還差點落水。

西格仍然不發一語，在槳從身邊流過時撈了起來，重新遞給男孩。他從西格手上接過船槳後，暫時先擱到一旁，因為還有其他問題要應付——首先是膝蓋。船裡沒有鋪軟墊，光裸的木片上有許多尖尖角角，而他就這麼直接跪在上面。先前抓著船沿時，他的左手虎口也被木頭的小碎片扎到。他先是跪著，然後改成半蹲姿勢，用牙齒把手上的木頭碎片咬出來。

接著當西格將他掉落的槳遞回來，他想都沒想就把槳揮轉一圈，結果堅硬的木柄重重打到他的左耳，他都可以感覺到那裡腫了起來。

男孩不確定過了多長的時間，只知道自己不斷試著更小心地保持跪姿、不斷啃咬自己的手、不斷抗拒著去揉頭上腫塊的衝動，同時不斷感到處境悲慘——他猜想，應該至少有幾分鐘之久吧。而這段時間裡，西格一直划著槳，讓獨木舟順流而下。男孩突然注意到，他們的背上已不再有太陽直射，因為小舟正置身於綠蔭之中。幾乎就在那一瞬間，他彷彿聽見內心深處有人輕聲呢喃：「你看，看哪，你看。」

那幾乎不是話語，與其說是聲音倒更像是感受。一種靜默的話語。

男孩站起身來，越過船頭看去，發現自己身在一個不同的世界，美麗無比，日後難以描摹，就好像某種神奇魔法，讓一幅美得不可思議的畫活了過來，**栩栩如生**。一如道路與車道的兩側，此處的樹木也斜斜地不停往上長，最後枝葉在河水上方交錯，形成一個綠色隧道。光是這個景象便美不可言，但還不只如此。因為有水的緣故，樹木不僅枝頭相碰，而且繼續蔓延交織成美麗的頂蓋，彷彿一間美得驚人的狹長房間，上面頂著一片會動的綠屋頂。

在這個空間裡，這片美景中，河水緩緩地潺潺流動。獨木舟兩側，有蓮葉隨著水流搖曳舞動，還有成群的蜻蜓在蓮葉間飛來飛去，或捕食蒼蠅，或互相追逐。

男孩回過頭，看見西格依然跪著，但已不再划槳，而是讓小舟自己滑行。他朝右邊努努下巴，身子幾乎動也不動，再次以靜默的話語說：「**你看**，看哪，**你看**……」

就是這一刻了，在男孩這一生中所可能擁有的分分秒秒中，就是這一剎那將永恆不滅。就在這一刻，他再也無法，甚至再也不想與大自然分隔開來——儘管他要等到長大成人才會意識到，也才會完全明白這一點。當下的他已經融入其中，變成水、樹木、鳥、蜻蜓不可分割的一部分。這一刻的感覺是那麼純粹、那麼深切，讓他不知不覺屏住了呼吸。

河流右側，就在蓮葉上方的岸邊，有一頭白尾母鹿正在低頭飲水。男孩看過鹿的圖片，也在火車上看過鹿群一閃而逝，卻從未像這樣與鹿面對面。

這真是最完美的見面方式了。

母鹿的毛濃密而有光澤，顏色接近紅色，而且看起來好像剛剛梳理過。當獨木舟漂入視線後，母鹿從水面抬起口鼻，水滴成串地從牠的嘴脣滴回到蓮葉上，閃亮晶瑩宛如珠寶。牠小心翼翼地盯著看，內心或許暗自納悶：這是哪來的漂浮木，上面怎麼會突出兩根這麼奇怪的枝枒？

男孩因為太專心地端詳母鹿，差點就沒看到一頭幼鹿緊貼在牠尾巴後面站著。小公鹿（男孩也不知道為何覺得小鹿是公的，總之他就是這麼想）睜著幼獸的純真大眼凝視他們，好像小狗以充滿驚嘆的眼神看待一切新事物。

在好奇心驅使下，小鹿朝他們跨前一步，兩隻前腳沒入水中。母鹿注意到小鹿突如其來的舉動，為了保護牠，便轉身以吻部推牠上淺灘，進入柳樹林間。小鹿立刻與環境完全融合，瞬間消失。男孩深深吸了口氣，母鹿聽見了（他們真的靠得很近），那一刻的魔法隨即破除。母鹿轉過身，帶著小鹿遁入岸邊的柳林內。男孩聽見西格的槳插入水中，船跟著向前挺進。

他們不發一語地划著船，彷彿就這麼經過了數小時。男孩想要幫忙，但船槳對他而言實在是太大了。他的疼痛不適似乎全都消失不見了——因為有太多東西要看、要理解，一時也就不痛了。而獨木舟宛如抹了油，靜靜地滑過水面。

男孩腦中不斷有問題川流而出，然而每次轉頭想問時，又都在開口前及時打住。現在似乎不是說話的時機，不應該製造與他們所在之處、所做之事不搭調的聲音。男孩說不太清楚，無法表達他的感覺或內心所知，但他確實知道，知道此刻十分特別，因此他保持沉默，以免噪音破壞了當下。

此外還有其他。

還不只如此。西格在那個時間待在那個位置，因為他理當如此，他理當跪在獨木舟裡移行過這片無止境的美景，正如同他先前在餐桌旁喝咖啡、與愛蒂一同微笑。而身為西格夥伴的男孩，也因此融入其中。他不再是那個人小鬼大的小孩，在芝加哥酒吧唱歌、大嚼炸雞、狂喝可樂，並呆呆看著醉漢試圖接近他的母親。他如今在此處，成為這裡的一部分，成為西格活生生的一部分，只因他人在這個地方，成了美景的一部分、河流的一部分、喜悅的一部分。

而他理當在此，在他現在所在之處，當現在的自己，他是那麼地篤定自己會一直在這裡，會認識這裡，會**存在**於這裡。

倘若發出聲音，哪怕只是單一個音，都不恰當，那將會真真切切地毀了當下。

所以他把問題留在心底，靜靜想道：當我必須要知道些什麼，不發出聲音也能學會。

尋找菌菇

西格與男孩四周有很多大蒼蠅，只是不曾真的咬人。蒼蠅會停歇下來準備叮咬，但還沒咬到又嗡嗡飛走了，男孩仔細地觀察，發現那是因為蜻蜓會捕食蒼蠅，有時候還是飛行中的蒼蠅。有隻蜻蜓歇在船頭，正抓著一隻蒼蠅在吃，邊嚼邊任由蒼蠅的翅膀掉落，然後又飛走再去尋下一隻。

他們並不急著趕路，但獨木舟始終不停地往前滑行，男孩於是漸漸發覺，在安安靜靜地移動之際，他們與周遭環境之間全然沒有界線或間隙，徹底地融合在一起。好像獨木舟一直都在那裡，他們（不只是西格，連男孩也一樣）也一直在那裡，是這個充滿生氣的世界裡充滿生氣的一部分。

來到一處河灣時，男孩又看見一頭鹿。這回是一頭公鹿，頭上新長的鹿角覆滿絨毛，身上的毛色不像母鹿與小鹿那麼漂亮。公鹿看見了男孩和西格，但也和母鹿一樣，似乎不太在意順流而下的獨木舟。

西格用嘴發出一個像嗆到又像咂舌的奇怪聲音，並拿船槳輕敲船邊，結果公鹿非但沒有受到驚嚇，反而好像被激怒似地準備發動攻擊。牠急急噴出一口氣，前腳在岸邊上重重頓了幾下。接著鹿的身形彷彿逐漸變大，肩膀變得更加壯碩，然後側轉過身，讓他們看見牠的轉變。最後牠噴著氣邁開腳步，穿過柳林深處失去蹤影。

男孩開始默默在心中列出問題，不過並不是馬上要問，也許等晚一點可以出聲的時候再問。他也把公鹿事件列入其中，稍後他要問問西格發出的是什麼聲響，還有怎麼樣才能惹鹿生氣，又為什麼要這麼做。

他們移動的方式有一種充滿魔力的感覺，就像神奇的魔法。他們似乎並沒有真的在動，更像是定定地坐著、定定地飄移，河流與森林則分別從下方與上方，順著一根巨大滾軸無休無止地跑動。川流不息的美景從他們身旁滑過，永不停歇，也永遠無須重新開始。

過了半晌，過了大半晌，男孩才察覺自己筋疲力竭，完全累壞了。他努力地對抗倦意，努力地划著槳，而當他們經過一彎美麗的河水與開著黃花的睡蓮與盤旋飛舞的蜻蜓，來到下一個河灣時，他想也不想便將船槳橫放在小舟上，兩隻手臂斜靠著槳，頭枕在手臂上。他尋思道，只要瞇一下就好。

不是真的睡覺，不算是睡覺。只是小小打個盹。

然後他就不省人事了。

他不知道自己像這樣睡了多久，可是當獨木舟來到一處青草岸邊時，輕輕碰撞的力道吵醒了他。他一轉頭，看見西格正用他放在船上的槳抵住岸邊、推轉船尾，以便讓獨木舟斜斜地停靠在青草地旁。

「下船，」西格努努下巴說：「我們要在這裡搭帳篷。」

男孩爬下獨木舟，抓住草和柳樹，把自己拉上岸去。

「喏，」西格站在船邊說道：「拿著這些去找一個平坦的地方。」他將鋪蓋捲和背包丟到男孩腳邊，隨後將整艘獨木舟拉出水面上岸，男孩也趁這段時間盡可能抱著鋪蓋捲與背包（雖然有點笨手笨腳）繼續在岸邊穿梭，最後終於找到一個相對比較平坦的地點。他環顧四周，看起來已經找不到更好的地方了，而這時他幾乎就要大聲說出，一如目前為止發生在他身上的所有新奇事物，他以前也從未像這樣找過搭帳篷的地點。他從未露營過。他從未……

但他及時噤聲。他還不想打開這個盒子，不想展開這份列出每一樣發生在他身上、需要有人為他解釋的新事物清單。何況，提起這一切可以說和問問題相差無幾，因此他放下鋪蓋捲與背包，站在原地。

等候著。

將獨木舟徹底拉上岸後，西格來到他身邊，看著他挑選的地方，點點頭說：

「很好。」

接著他打手勢讓男孩跟他走，他們便一起來到空地邊緣的白楊樹林旁。樹並不高大，最粗壯的頂多像西格的腿那麼粗，而且男孩在每棵樹較低的枝椏都看見了枯枝。

西格折下一根枯枝，讓男孩知道他要的是什麼。「這些枯枝都已經風乾了，很容易生火。盡量多弄一點來……」他微笑著說：「然後對折。我們整夜都會需要火和煙，不然那些吸血鬼會來。」

不會吧，男孩暗想。吸血鬼會趁黑跑來，這下可好了。幹麼還傻傻地擔心那些他不知道的事，光是準備迎接吸血鬼就夠了。這回他不得不問：「吸血鬼？」

「蚊子。」西格說：「牠們可不管你怎麼想，口渴了就成群結隊飛來。」

當天在船上，男孩看見了一些蚊子，但鹿蠅和馬蠅更煩人。無論如何，蚊子其實也沒那麼糟，輕輕鬆鬆就能撥掉。不過此時太陽還高掛在空中，稍晚他就會發現，蚊子要等到天黑後才變得麻煩。

男孩忙著折細枝與枯枝，將柴枝大致堆成一堆來生火。從頭到尾，他都讓帳篷保持在視線範圍之內，並且整個人背對著樹林，以便能看見西格在做什麼。西格在設置營地，可是他工作、移動的模樣，看在男孩眼裡都像在跳舞。

他以流暢到近乎油滑的動作放下鋪蓋捲、攤開來、分出兩條毛毯，然後將毛毯鋪在原本包裹在鋪蓋捲最外層的防水布上面。鋪蓋捲裡頭包了一個大大的舊咖啡壺和兩支湯匙，西格將這兩樣東西放到一圈石頭旁邊，方才他已經將石頭排放成一個小火坑。

接著他從背包取出一個平底鍋、兩個錫杯、一個板金炒鍋、一小罐白白的東西（看起來像奶油，結果卻是豬油）、一罐更小罐的鹽和一個中型罐子，裡頭裝的原來是碎茶葉。他又把手伸進背包（這包包彷彿無底洞似的），抓出一個裝滿玉米馬芬的布包。他又再次伸手摸找，隨後掏出一捲纏在木軸上的黑色釣魚線，線的末端已經綁了一些小鉛錘和一個釣鉤。

此時男孩停下撿拾枯枝的動作，注視著他。西格抬起頭看見了，便招手示意他上前。男孩拿起手邊的柴枝帶到火坑旁，往柴堆上丟。

「還要更多才行。」西格搖著頭說：「不過我們現在得去找吃的。」

他指向河水，招手讓男孩靠近。「你會釣魚嗎？」

男孩搖著頭暗忖，又是一個我不知道的東西。與此同時，西格彎身從腰帶的皮鞘裡拔出一把刀，切下一段長柳枝，削去小分枝與葉子後，割了一長條釣魚線綁在柳枝末端，做成釣竿。

就這麼輕鬆。搭帳篷、做釣竿，幾分鐘就大功告成。

「看到那些石頭了嗎？」他順著河水指向一些卡在岸邊的扁平小石頭。「去翻一顆起來抓蚯蚓。」

「用手？」

他看著男孩，只用眼神傳達，一句話也不必說。而他的眼神在說：是啊，用手，不然要用什麼抓蚯蚓？或者他的問題也可能是：你是說你不會抓蚯蚓？哪有人不會抓蚯蚓的？

於是男孩走向石頭，翻起其中一顆，果然沒錯，石頭底下裸露的溼土中有幾隻蚯蚓。他伸手去抓其中一隻，但又被牠溜回土裡去。試第二次時，他趁蚯蚓還沒來得及鑽回土裡，及時抓住往上拉出。

黏糊糊的，男孩心想，又軟又黏滑。他捏著蚯蚓，走到西格身邊，伸出手去。西格接過後，把蚯蚓穿到魚鉤上，往河流上方一晃，拋入了水中。

「我來釣第一條，」他說：「然後就可以換你……」

他本想再說些什麼，不料柳枝釣竿猛然往下抖動，於是他用力將釣竿往上拉離水面，一條魚也跟著出水。後來男孩得知這種魚叫太陽魚（身形扁平，大約二十到二十五公分長，有金黃的肥厚魚肚），那條魚在岸上啪搭啪搭亂跳，直到西格蹲跪下來取出魚鉤才停止。然後他將釣竿交給男孩。

「再去抓一隻蚯蚓放到鉤子上，然後開始釣魚。我們至少需要八條魚，說不定還要更多。」

雖然西格釣魚看起來輕而易舉，男孩卻不覺得自己有可能做得到。這一整天下來，男孩幾乎都只是在努力地划動獨木舟，現在突然要他抓條魚，似乎是不太可能

——更別說是「八條魚，說不定還要更多」了。

但他還是又去抓了一隻蚯蚓，兩手扭來扭去試了好幾次，才終於把蚯蚓串到魚鉤上，但手指也髒兮兮地沾滿蚯蚓噴出的黏液。努力解開打結的釣線後（釣線簡直像是故意糾纏不清），他移步到河岸邊，將釣鉤往外拋去落入水中。

這時魚就接手了。他還來不及暗自擔心釣不到魚，就有一條魚咬住魚餌上鉤。他不加思索地往後一跳，捲動釣線將魚拉出水面、甩到岸上，與西格抓到的那條並排。

他實在不敢相信。

但魚就在那裡蹦跳著。他丟下釣竿，跑過去，用膝蓋壓住魚，一面扭動著手拔出魚鉤。

「我釣到一條了！」話才剛說完，他便驚慌失措、難以置信地看著魚從自己膝蓋底下溜走，奮力啪啪兩下，回到水中不見了。

「本來釣到了。」西格說道，露出一個短暫笑容，接著又是那副神情：**連魚也抓不住？真的嗎？**但緊接著出現不同的神情、不同的笑容，變得比較親切。「我也發生過這種事，還不止一次。你要把魚抓到更高的岸邊，離水遠一點，要不然就用棍子打魚頭，把牠打昏。」

對西格來說，這是個很長的句子，大概也是個不錯的建議，但男孩此時已經入迷，不等西格把話說完，他就開始翻石頭，抓出一隻蚯蚓穿到釣鉤上，然後再度將釣線甩入水中。

再來一條。

魚幾乎是在釣鉤碰到水面的瞬間就咬住釣餌。他錯過了兩條，還沒來得及拉上岸就被牠們掙脫，可是不出多久就抓到了八條。西格幾乎笑出聲來，閃現的微笑轉為咯咯輕笑。

「慢一點，」他說：「慢慢來。我們還得把魚清一清呢。」

「魚很髒嗎？」男孩真的這麼問了，真真確確是那麼地生疏，而且只差一點點就是無可救藥的無知。他並不確定自己期待會發生什麼事，不確定要怎麼吃魚，或是抓到魚以後該怎麼處理。他對於獲取食物的方式，總括的了解只有一個，那就是穿著迷你版軍服在酒吧唱歌能換來炸雞、炸薯條和可口可樂。他覺得自己根本從來沒有就近看過魚，更遑論捉魚來吃。其實到了這個時候，他已經餓得什麼都能吃。好個漫長的一天啊。

西格又露出另一種眼神。「不，不會很髒。喏，」他將手伸進魔法背包（男孩已漸漸覺得背包有魔法），然後遞給男孩一根大湯匙。「這是你的……來吧。」

他選了一塊較沉的木柴，抓著拍打每條魚，然後把手指勾進其中四條的鰓。他打手勢示意男孩負責另外四條，隨即往回走入水中。男孩看著西格，學他把湯匙塞進上衣口袋，並扭動手指插入那四條魚的魚鰓開口。觸感有點黏滑，不過他為了把蚯蚓串到魚鉤上，手指早就沾滿蚯蚓體內流出的黑黑黏黏的東西，所以這麼一點點魚的黏液，他已經不在意。

走入水中後，西格拿起手邊的一條魚，放在草葉上用力擦去黏液，再用河水沖洗乾淨，平放到草地上。他把手指插入魚的眼窩，將魚頭牢牢固定，然後用湯匙逆著魚鱗的方向刮，一直刮到魚皮上再無半點鱗片為止。接著他將魚翻面，依樣畫葫蘆再刮一遍，並再次將魚徹底洗淨之後，才拿出刀子，俐落地剖開魚肚。他用兩根手指摳魚內臟，全部摳出來以後甩進水裡，最後停下動作。

他看著男孩，無須開口，一切盡在眼神中。

男孩輕輕點了個頭，也拿起自己的一條魚，洗去黏液，將食指與拇指插入魚眼窩（這又是一件新鮮事），開始用湯匙倒刮魚鱗。

他覺得自己做得不太好，做起來也不輕鬆，簡直像是不可能的任務。他插在魚眼窩裡的手指不停滑開，魚眼彷彿不斷在他的小小手指之間鼓出來。還有魚鱗也不像西格刮的時候那樣，飛快地從魚身上蹦落。他沮喪地想用自己在芝加哥酒吧學來的幾句道地的絕妙髒話咒罵，可是他從未聽過西格罵髒話，因此忍了下來。

最後，在幾經搖晃不穩的嘗試，刮了又刮之後，他終於清除了所有魚鱗，把魚再沖洗一次，然後伸出手遞給西格。男孩沒有刀子，因此他心想那個步驟得由西格負責。

西格接過太陽魚，劃開魚肚，又重新交給男孩。「清乾淨。」關於是不是用手，他第一次抓蚯蚓的時候已經問過了，所以不必再問——雖然同一個問題立刻浮上心頭。想到要把手伸進魚內臟中，他不禁感到膽怯，心想這不可能會是他擅長的事。

但西格的眼神依然望向他，他只好伸手抓住魚眼窩、提起魚身，將手插入魚肚內，挖出魚內臟丟到地上，並直接朝著內臟乾嘔一聲——他一整天下來什麼都沒吃，吐不出東西來。

乾嘔很快就過去，男孩以為西格沒看見，但他當然看見了，不過這次他沒有露出那種眼神，而是點點頭說：「沒關係，每個人第一次都會吐，慢慢習慣了以後就沒事了。」

男孩一點也不相信，他敢說西格從來沒吐過，但他沒出聲，只把西格的話當成一種讚美默默接受，結果證明他說得沒錯。

刮第二條魚的魚鱗時仍然不容易，但情況似乎好轉一點，看到內臟時，他也還是有點噎住，但沒有真的吐出來。到了第三條，問題就更小了。處理第四條時，西格看了一眼，面帶微笑說：「你看起來好像已經清了一輩子魚肚呢。」

這根本不是真的，但男孩還是覺得開心，自豪地邁開大步跟在他後面，帶著自己的四條魚來到火坑旁，就好像這件事他也已經做了一輩子。

他仍然不知道接下來該怎麼做。當然了，他知道再來要煮魚、吃魚，不過他已經餓得飢腸轆轆，就算生吃也無所謂吧。

現在又有機會觀察西格如何在野外生活了——觀察並且學習。只見他在火坑旁鋪了草床，將八條魚整整齊齊擺放到乾淨的草葉上，然後從他們撿回來的白楊樹枝折下細小的枯枝，在火坑中央搭成小小的圓錐形柴枝堆，最後用一根火柴點燃細枝。

當小火生起來以後，他便折下一些更大更粗的樹枝，堆放到小火上面。過不久，整座火堆就熊熊燃燒起來。他拿起板金炒鍋，抓了一把青草把鍋子擦乾淨後放到一旁，然後用手指從罐子裡挖出一大塊豬油，甩到鍋中。

接著他從背包的袋子裡拿出兩個玉米馬芬，用剛才挖豬油的手指在兩個玉米馬芬上各塗一層薄薄的豬油，又拿出小鹽罐，往抹了豬油的馬芬撒一點鹽巴，然後將其中一個遞給男孩。

「開胃菜。」他說：「小口小口地吃，慢慢嚼。」

男孩後來活到很大年紀。只有天曉得他這一生會在數以千計的地方，吃到數以千計的餐點，從其他的荒野營地、戰場的散兵坑，到在紐約市時髦昂貴的餐廳吃上等同他一個月生活費的一餐，然而他再也沒吃過足以媲美這個玉米馬芬的東西。一次也沒有。

他試著照西格說的做，小口吃、慢慢嚼。他心想，愛蒂一定加了糖，才會每一口都那麼甜。玉米馬芬融在嘴裡有一種鹹鹹甜甜的美妙滋味，讓他不僅面露微笑，也幾乎要掉下淚來。

「好吃，」他說：「好好吃。」

男孩知道西格看見他的淚水了，他卻看向別處，點點頭說：「她做的玉米馬芬最棒了。」

「好吃，」男孩只想得出這幾個字。「太好吃了。」

多美好啊，可惜也有一個缺點，那就是他體內那頭餓到前胸貼後背的**狼**被喚醒了。笑中帶淚的他幾乎要同時發出低嚎。

西格再次點頭，彷彿看見了男孩體內的餓狼。他將炒鍋放到火堆與木炭上，接著從魔法背包裡掏出一大顆馬鈴薯，用新鮮青草搓洗乾淨，再用插在腰帶的小刀切成幾乎透明的薄片，然後仔細鋪放到豬油已經融化並滋滋作響的炒鍋中。他還在馬鈴薯上面撒了點鹽。

玉米馬芬的餘味讓男孩仍垂涎不已，此時再聞到煎馬鈴薯的香味，他的飢餓感又更加張牙舞爪了（如果真有這個可能的話）。西格用自己的湯匙將馬鈴薯片整齊地翻面，那些薯片看起來就像一塊塊小煎餅。沒多久他便點點頭說：「可以了。」

接下來他又從魔法背包裡變出兩個老舊的金屬派餅盤，放到火坑旁的地上。他把馬鈴薯片等分成兩份，分別整整齊齊地堆在兩個錫盤中，然後又往鍋裡加一點豬油和鹽，放入四條魚，剛好蓋滿鍋底。

魚熟得很快，他翻了一次面，將魚的兩面都煎好後，在每個盤子各放兩條，然後用湯匙把堆疊的馬鈴薯片鋪到魚上面去。

「嚐一嚐魚肉配馬鈴薯。」他說。

「要怎麼吃？」

男孩從來沒吃過魚，尤其是現抓的完整的魚，也不確定是否該問，不過他的問題還沒說完，西格就點了點頭。

「把馬鈴薯推到旁邊，先吃魚，萬一魚刺梗在喉嚨，可以用馬鈴薯把它擠下去。」他邊說邊用手拿著吃。「先吃魚皮，然後你就會看到魚肉還有魚的脊椎和肋骨。用手挖肉慢慢吃，骨頭留著，吃完以後可以把魚的眼睛吸出來，然後再吃第二條。」

男孩記得自己當時心想，在某些地方，肯定會有人不敢相信人竟能坐在營火旁吃著死魚皮，還把魚眼吸出來。

起初他非常確定自己也做不到。可是西格的確是那麼做，男孩看著他吃煎魚皮、吸魚眼，吃得津津有味，而男孩**真的**很餓。

因此他做到了。

魚皮脆脆鹹鹹，讓他聯想到有彈性的洋芋片，魚眼吃起來則像鹹果凍。前兩條魚還沒吃完，西格便將剩下的四條魚放入鍋中。他們吃完了魚，又接著吃油煎的鹹馬鈴薯（不過男孩的喉嚨並沒有卡魚刺）。最後他們又拿了一個玉米馬芬掰成兩半，將鍋底的油與湯汁抹得乾乾淨淨，當作飯後點心。

男孩不覺得飽，他心想，這一天下來只吃一餐，而且還那麼晚才吃，以後恐怕再也無法體會真正飽足的感覺。但他很滿足，並且已迫不及待想結束這一天，閉上雙眼，去向睡神報到。

不過事情還沒完。男孩往後躺到草地上，任由傍晚夕陽開始為他唱搖籃曲，西格卻站起身來，拿著自己的盤子和炒鍋到河邊去，清洗時，還用幾把新鮮青草沾水把鍋盤搓刮乾淨。

西格沒有看他，但男孩知道，清楚地知道自己該怎麼做。他翻身爬起，拿著自己的盤子和湯匙到水邊清洗，同時心裡暗忖，好耶，現在可以放鬆休息了。

「還要更多木柴。」西格說。

這回男孩只點了點頭，便走進樹林，折取枯枝，放到火坑旁邊。只不過此刻他不是一個人。暮色降臨了，光線變得柔和，樹林裡出現了陰影，吸血鬼蚊子也跟著到來。一開始只有兩三隻，後來多了一些，再後來不知從哪冒出成群的蚊子大軍，密密麻麻地塞住他的鼻孔，讓他不得不用嘴巴呼吸，結果把蚊子也給吞了下去。

怎麼可能呢？不可能有那麼多蚊子。千千萬萬隻，多到遮蔽了視線，多到他的手上和臉上彷彿披了一層毛皮。他又撥又打、又打又撥，蚊子還是源源不絕，最後他實在受不了了，只好一邊喊著他在芝加哥酒吧學到的絕妙佳句，一邊跑出樹林。

西格坐在火堆旁，看見男孩跑過來時，不由得面帶微笑。男孩看不出有什麼好笑的。但西格只是聳聳肩，往火堆裡添加木柴，在男孩靠近後，他又丟入一把青草和綠葉。火堆瞬間竄起一陣濃煙四下飄散，蚊子也立即不見蹤影。

就這麼轉眼即逝。

「所以啊，」西格說：「我們才需要更多柴枝。還要很多很多。」

「可是我要怎麼……？」男孩被煙嗆到。「我要怎麼再回樹林裡去？牠們會把我咬死，會吸光我的血。」他已經開始抓癢。「要不然我也會癢死。」

「站到煙裡頭去，」西格說：「站在煙裡面，把煙抹到衣服上、頭髮上，用煙洗身體，就像洗手一樣。」

「用煙洗身體？」

他點點頭。「煙味不會永遠都在，不過會停留幾分鐘。你就利用這個時間抱一把柴回來，然後再用煙洗一次。這樣就沒事了。」

男孩並不十分相信，但仍然照他說的，站在煙裡洗身體。「我把水煮上以後就去幫你撿柴。」西格從背包最深處拿出一個二．八公升的長柄鍋，鍋子看起來相當破舊又凹凸不平。男孩還站在煙裡（他想盡可能多沾一點煙味），西格則走到河邊，撥出一片乾淨水面，將鍋子裝滿水。在把鍋子放到火上後，他也站了起來，用煙燻洗自己的衣服。

「那水要做什麼？」

「你不渴嗎？」

男孩渴到可以喝光整條河水了，不過他只在心裡暗想，沒說出來。他們一整天都沒喝水，但既然西格好像不需要喝，男孩也不打算抱怨。吃完東西以後，又渴得更加厲害了。魚和馬鈴薯的鹽分讓他更加意識到自己有多口渴。

「河水要煮沸以後才能喝。」西格說：「水裡有太多鴨大便，喝了會生病。」他指了指下游更遠處，隨後往左邊指去。「明天我們要去找菌菇的山脊上有一處泉水，到時想喝多少就喝多少。很乾淨的水，沒有鴨大便。」

男孩不明白為什麼菌菇要用「找」的，不是直接摘就好了嗎？但他覺得自己已經問得太多了，因此決定把這個問題保留起來，以後再和其他的問題一起問。更何況，他們早已再次進入森林撿柴了。他發現西格說得沒錯，洗了煙之後，蚊子不會靠近，至少大多數不會，而等到煙味淡了，牠們又排山倒海而來的時候，他和西格都各自抱了滿懷的柴枝。

接著他們回到火邊，添加更多木柴、更多葉子和草，再洗一次煙，然後又回到樹林裡，從頭再來一遍。他們就這樣不停重複直到天黑，男孩覺得他們撿的柴都夠燒一個星期了，真的撿了好大一堆。

這個時候，男孩已經累得腳步搖晃不穩了。睡覺時間一到，與其說他是躺下，還不如說是膝蓋癱軟跪地，然後翻身成大字型，倒臥在西格鋪在防水布上面的其中一條毯子上。

他不記得自己有閉上眼睛，但肯定是閉上了，因為他不僅睡著了（或者說得更準確一點，是昏死過去），還作了一個接著一個的夢。在其中一個夢裡，他被一大群鵝追著跑，在另一個夢中，換成一輛老爺車在追他，然後又變成鵝群開著車在追他……夢接連不斷。

夜裡不知何時，想必是西格替他蓋上了半邊毯子。他隱約記得曾微微醒來幾次，看見一頭大熊（這也是夢的一部分）在添柴火，同時也添加樹葉製造更多煙。那頭熊有一雙藍眼睛，邊微笑邊往火中丟入樹葉，後來一群巨大的蚊子和開著老爺車的鵝群一起將微笑的熊趕跑了，而男孩則從廚房跑進屋裡，爬上樓梯來到**他自己的**閣樓房間。

然後天亮了。

男孩醒來後，腦中第一個想到的是他作的夢太瘋狂了，有誰聽說過藍眼睛的熊？

太陽照進他的眼裡，他轉過頭，看見西格坐在火邊。西格看見男孩醒了，便從鍋子裡舀一杯水遞給他。水很清涼，想必是西格在夜裡將鍋子從火上移開。男孩起初僅小啜一口，而當他發現那滋味竟如此美妙，便隨即一口氣喝光。

「把杯子給我。」西格見杯子空了之後說道。

男孩把空杯交給他，他又重新斟滿。「多喝一點，能喝多少就喝多少。我已經喝完了。」

又喝了兩杯以後，男孩已經不渴，卻開始餓起來，飢腸轆轆。

「沒有熱的早餐。」西格說，他似乎看穿男孩的心思，也可能是聽見他肚子咕嚕咕嚕叫。「沒有火了。我們馬上就要離開，得早點到達山脊。」

他現在話變少了，男孩也開始習慣他說話的方式。你可以問他問題，或是幫他做事，而他會幫你把事情做對，給你一個適當的答案。

僅只一次。如果你做到了，或是明顯知道該怎麼做了，那就到此為止，他不必再說什麼，也的確不會再說什麼。愛蒂說過他有可能一整天說不上一句話，今天早上的他就是這樣。

他們捲起毯子和防水布，接著西格將所有該放進背包的東西放進去，然後把獨木舟推下水，兩人隨即離開，一句話也沒說。男孩爬到船頭，安穩地跪在船上並抓起船槳。西格將船推離岸邊後，跳上船來，伸出他的槳讓船轉向下游方向，然後肩膀使盡全力地划了兩三下，船便開始行進。

男孩奮力地划著槳，經過兩處河灣後，他們進入了另一個新世界。在這裡有更多樹蔭，還有長滿苔蘚的河岸，看起來有如想像的國度。他發現自己竟期望在下一個河灣處看見小精靈。可是他們沒有走得更遠，一轉過第二個灣，左邊的地勢便高高往上爬，最高的山脊上長滿了白楊，西格於是將獨木舟停至岸邊。

男孩跳下船，看著西格將船身推靠到岸邊時，西格對他說：「從這裡開始用走的。從山坡爬上山脊再下來。」

他們把船拉上岸，接著西格拿了背包，男孩則抱著鋪蓋捲（他大概也只能拿這麼多），兩人一起走向山腳。

到了山腳以後，西格走進一小片榛木叢，穿過後便來到一塊小空地，一旁還有一道潺潺泉水。西格將背包放下，取出兩個杯子，一個遞給男孩。「想喝多少就喝吧。」

泉水冰冰涼涼，有一股甜味，喝起來好像加了糖的飲料。男孩就這麼坐在鋪蓋捲上，照著西格的話暢飲泉水。西格往背包裡摸索了一陣，掏出兩個空的麵粉袋，讓男孩不由得心想，不會吧，那個包包真的沒有底嗎？布袋上印有花朵圖案，很明顯已經洗過太多次，圖案幾乎都脫落了，不過在要給男孩的那個袋子上，除了花朵還有一個農舍圖案，看起來很像西格和愛蒂的家。他的腦海中很快閃過愛蒂從屋裡出來，在車道上迎接他的畫面，心下不禁好奇此時的愛蒂正在做什麼呢？他們好像已經離開好久好久了。這時他才赫然想起他們是昨天來的，自己也是前天才到的，而他從昨天開始就沒想起過芝加哥、火車或是母親。又或者是從前天開始？

母親。男孩試著在腦中勾勒她的模樣，卻只看見一個焦躁不安的模糊人影。他暗想，芝加哥好像另一個世界，灰灰暗暗、又髒又臭，要是他再也不回去會怎樣？說不定還不錯。

西格遞來一個布袋，打斷男孩的思緒，然後他開始往山腳下走，接著又邁開大步上山，男孩幾乎要用跑的才能跟上。走了一大段路後（男孩已經氣喘吁吁），他們來到白楊樹林裡，這裡的樹蔭十分陰涼，還有微溼的短草。

「菌菇的孢子都散布在這種地方，在北邊山上的白楊樹林裡。」西格說：「前幾天我在這座山脊上發現幾朵菇，現在應該多得多了。」

男孩的一切知識仍然奠基於他在小故事書上看見的插畫，在大人讀給他聽的那些故事裡，有小小人兒住在童話仙境裡的大蕈菇底下，而這些蕈菇叫做「蟾蜍凳」。他心裡覺得納悶：蟾蜍真的會坐在上面嗎？如果蟾蜍老是坐在蕈菇上面大便，底下的小人兒怎麼辦？蟾蜍大便不會比鵝大便更糟嗎？

他又想，說不定蟾蜍不必大便。

「我們要找的菇叫羊肚菌。」西格說道，也再次在男孩開口問起蟾蜍大便前，打斷他的胡思亂想。「大概像我的拇指這麼大，」他伸出一根拇指說：「看起來很像小小聖誕樹。一開始很難找到，可是一旦找到一朵以後，就到處都是了。愛蒂說那是因為它們很會玩躲貓貓。」

「我現在就看到一朵了。」男孩手指著一朵菌菇說。那朵菌菇看起來就跟圖畫書裡一模一樣，短短的柄上面頂著一個小圓帽。「就在那裡。」

西格搖著頭說：「不是那種。你要是吃了那個會死的。有些菇類有毒，但羊肚菌很安全，我們只採那種。」

好啦好啦，男孩心想，他們在找菌菇，而他發現了一朵，管他對還是不對，反正就是這樣。

「你往右邊，我往左邊，我們慢慢往山脊上走。」西格說完立刻行動，他小心翼翼地邁開大步，好像在獵捕活生生的東西一樣。男孩有樣學樣，像他那樣小心地移動，眼睛盯著地面，但他走了約莫十五到二十步，卻都只看到青草。

「像這個，」片刻過後，西格說道：「你來看。」

男孩走上前後，他拿出一朵暗色的小菌菇，果然沒錯，那朵菇大約七、八公分高，棕褐色，底寬頭尖，四面布滿蜂巢般的小小皺褶，看起來完全就像一棵褐色的小聖誕樹。

「要找這個，」西格說：「看到這個線條形狀了嗎？如果找這個小圓錐形，會比較容易看到。」

男孩移動到一旁，往山上走去。起初他看見許多其他種類的菇，就是那種蟾蜍凳，可是都沒有羊肚菌。後來，在一棵樹底下的青苔附近，他終於發現了一朵。好像變魔術一樣，冷不防就出現在眼前——最近有太多事情都像變魔術一樣了。本來沒有菌菇，一轉眼就有了。

「我找到一朵了。」他對西格大喊：「要怎麼摘？」

「整朵拔起來，頭跟柄都要。摘起來以後放進布袋，繼續再找……」

他摘起那朵菌菇（很容易就摘起來了），放進麵粉袋，接著站起身，而這時光影彷彿起了某些變化，放眼望去到處都是羊肚菌。怎麼可能呢？之前他找過了，一朵也沒看到，現在卻遍地都是，於是他開始採摘。

他無法衡量時間或距離。總之看見了就採，採完就移到下一叢，邊採邊放進麵粉袋。他低著頭，全神貫注地尋找下一朵菌菇，就在約莫到達半山腰時，西格對他高喊。

「等一下。」

西格已經離男孩所在的位置很遠了，此時他放下布袋，跨著大步走過來，並從上衣口袋裡掏出一個玉米馬芬遞給男孩。

「放到上衣口袋裡，每隔一會兒就咬一小口，含在嘴裡不要嚼，等它變得溼軟以後再嚥下去。這樣你就會有力氣了。」

男孩沒有發問，直接乖乖照做。西格說得對。他會從口袋拿出馬芬來，咬一小口，塞到臉頰內側，而且絕對不讓任何碎屑留在手上或口袋裡，免得浪費掉任何一點馬芬，然後一面往山上走一面採菇。

他們的動作很快。那些菌菇宛如一大片的小聖誕樹地毯，當他們差不多到達山頂時，男孩猛然察覺到兩件事。一是他的麵粉袋已經滿了，滿到頂了。二是他的背和腿都累了，關節也疼痛發熱。

西格朝他走過來。他的袋子也滿了，但他並不顯得特別累。

「我們有個問題。」他說，臉上閃過一抹微笑，雙眼瞇了起來。

男孩點點頭說：「我累死了。」

西格卻搖頭。「不只這樣，太多菇了。我從來沒看過它們長得這麼密，通常大概都只採個一袋左右。這麼一來，我們需要的量已經夠了，而且綽綽有餘。」

「那為什麼會有問題？」話一出口他便心想，這是我不該問的問題——不用問自然會知道。

「以前我們會把防水布鋪在地上，趁著繼續採菇的時候，把一些菌菇放在那上面晾乾。可是像現在這樣，我們就得盡快回家，好讓愛蒂把菌菇放到門廊的保護架上晾乾。」

這次男孩強忍了下來，不去問為什麼、為什麼、為什麼……

「這些菇太多了，防水布擺不下，要是把多出來的放到土上面晾乾，菌菇就會壞掉，不然也會被螞蟻吃掉。我們得走了，得馬上回去。」

回到獨木舟停泊處時走的是下坡路，只消幾分鐘就到了。他們把裝菌菇的布袋連同鋪蓋捲和背包一起放在船中央，男孩爬到船頭，跪在船底板上，西格跳上船後，將船撐離岸邊進入水道，隨即啟程回家。

他們溯水划槳，速度略較來時緩慢，但河中幾乎沒有水流，因此雖然時間已經不早，卻能在天黑前趕完一大段路。

男孩盡全力地划，偶爾能划出不錯的一兩下助船前行，而西格則是自始至終都保持著強健的推進力。

太陽下山後，蚊子出現了。他們盡可能避開了一陣子，但蚊子很快就追上來，密密麻麻地圍繞著獨木舟，只要一呼吸，就很難不吃得滿口蚊子。

最後，西格說了幾個男孩在芝加哥酒吧裡聽過的字眼，然後將獨木舟划向岸邊幾棵枯死的柳樹旁。他沒有下船，就這麼折斷幾根枯枝，再將它們仔細地折成小段，接著又從背包拿出平底鍋，放在船底板上。他往鍋底抹了一些河泥，大概有兩三公分厚，然後將枯枝堆疊在泥巴上，用火柴點燃。待火堆燒旺，他便抓起一把青草，並從活柳樹上抓下一些葉子，丟進火裡。

速成的煙。

馬上沒蚊子。

就是這麼快。

西格再度將獨木舟撐入河道，繼續前進。划船之際，船上煙霧繚繞，為他們驅蚊。偶爾煙會燻到男孩的眼睛，還會搔得他鼻癢打噴嚏，但總比那些惡毒的蚊子（他心裡這麼認定）好多了。

他們划了大半天才到達露營地，隔天早上又繼續划，而且這次河中有了水流。他們現在是逆行，儘管水流不強，也足以稍稍拖慢速度，因此划起槳來更為辛苦。

首先是傍晚降臨，蚊子現身，但很快地，天色轉為漆黑，有一度，船頭外幾乎什麼也看不見。但不久之後月亮出來了，先是掛在樹梢上的一抹光暈，隨後就變得皎潔明亮。月光照在他們前方的河面上，河水猶如白銀，這美景讓男孩著迷了好一會兒。如今他遭遇太多前所未見的事物，一時間腦中彷彿充滿新畫面、新聲音、新氣味。

然而，不管此景美不美、銀不銀、新不新，他們都得繼續划槳。雖然男孩能做到的不及西格的一丁點，他還是使盡全力，沒多久，他便開始感到手臂發疼、肩膀痠痛，跪在船底板上的膝蓋也有如著火般灼熱。

可是不管發疼或痠痛都無關緊要。

只能繼續划。

必須繼續前進。

有一小段時間，或許西格沒感覺，男孩卻覺得他們一動也沒動。他們把槳往前划，再往後拉回，一次又一次，一次又一次。

然後再一次。

船身沿著水面的銀色小徑而上，只不過感覺好像是銀徑朝他們而來，而不是他們循路徑移動，而到了最後，一切都消失了。

只剩下手臂、船槳、背、膝、肩膀和燻蚊子的火煙，還有疲憊。累到骨子裡的他甚至不知道自己的眼睛何時閉上，或者是否閉上了。這回他沒有躺到底板上，也沒有安穩地進入夢鄉。

就只是一切都消失了。

或許與其說是睡著，倒不如說是腦中一片空白，心神出竅，一切全部停止。他的心神出竅進入某個灰暗空間，接著四周形成一個黑洞，而他依然跪著，身體並未倒下，只是停止運作。

他不知道當晚接下來發生了什麼。只有一小段一小段的記憶輕輕觸動，小小的影像飛快閃過：西格把船停到岸邊，摘更多細枝與草製造煙；一個小時接著一個小時，獨木舟在他身子底下滑行，然後輕輕碰撞到河岸，接著被拉上岸，而他人仍在船上；愛蒂尖尖的嗓音，輕細溫柔，大狗在低聲吠叫；男孩被西格抱起，臉頰貼著他粗糙的鬍鬚，經過倉房進入廚房，上樓後被放到了床上。

那是**他自己的**房間裡的床，而接下來就只剩深沉美好的睡夢。

打雜任務和馬上瞌睡

採完菌菇回到農場後，男孩每天都跟著愛蒂和西格幹活，看誰需要他，他就做什麼，有時候兩個人會同時喊他。

他幫忙愛蒂把菌菇鋪放在門廊蓋著布的架子上時，發現自己在此得到了幾件打雜任務——這是西格的用語：「你有一些特別的打雜任務要做。」不只是把菌菇丟到晾乾架上就好，處理每朵菌菇時都得把土甩掉，柄底的土也要清乾淨，之後才能將羊肚菌小心放置到午後陽光晒得到的架子表面。聽起來沒什麼，工作也不累人，可是很花時間，而且必須做到位，否則菇會壞掉，冬天就沒得煮湯燉肉了。

另外還有其他的打雜任務。

他沒辦法劈砍爐火需要的木柴。用來劈柴的斧頭是大型的雙頭斧，異常鋒利，西格甚至可以拿它來刮手毛，但對男孩來說太重了。他嘗試過要自己劈柴，不過看起來要是出點差錯，那把斧頭就會砍斷他的腳，不然至少也會有一根腳趾遭殃（這是愛蒂說的），所以他只得放棄。

關於柴火，男孩的打雜任務是每天早上把柴搬進屋裡，填滿爐灶後面的柴箱。由於夜裡煤炭往往會熄滅冷卻，他也會幫忙撿拾細枝和木片，好讓愛蒂用來點爐火。令他吃驚的是，烤麵包、煎煎餅或煮咖啡，竟然要用掉那麼多木柴。差不多就在那個時候，他開始喝咖啡了，喝得不多，而且西格會在他的杯中加入大量冷水，男孩自己還會加入牛奶和蜂蜜，兩湯匙。總之，每天早上開始幹活以前，他們都會喝「一口咖啡」（西格是這麼說的），也許再配一兩片餅乾。

接著要擠奶。他們有三頭乳牛，但只擠其中一頭，那頭牛乳量豐富，遠超過他們所需。男孩其實沒辦法擠牛奶，因為牛的乳頭像小把手和迷你集乳管一樣垂下來，他的手太小握不住。他試了一下，只擠出幾滴牛奶，射入等在一旁的貓咪嘴裡。但因為他的手施力不當，愛蒂說這樣可能會讓牛鬧脾氣而不再出奶，到時就沒有鮮奶油和奶油，也沒有牛奶可喝了。所以他在擠牛奶這件工作上的打雜任務，就是跟雷克斯到牧草地去，帶母牛回倉房裡擠奶。

與愛蒂、西格同住，有許多讓他十分喜愛的時候，有許多事情會讓他抱著快樂的念頭度日。不過早晚兩次去趕牛，是最棒的時刻之一。

牛群吃過的牧草變得短短的，看起來好像一大片修剪得整齊美麗的草坪。西格稱做雙領鴴的鳥群到處漫遊，在牛遺留下的一處處糞堆捕食蟲隻。其中有一些生了雛鳥，母鳥就會設法遠離幼鳥，假裝翅膀受傷，試圖將雷克斯和男孩誘離小鳥所在的鳥窩。當大狗和男孩被引誘到母鳥認為夠遠的距離，足以保護雛鳥了，母鳥就會突然「痊癒」飛走，但仍然離小鳥遠遠的以便欺敵，直到最後才繞回來。

男孩一生中將會擁有許多條狗，也會被許多狗所擁有，可是他覺得，雷克斯是獨一無二的。就定義上，牠是一隻護院狗。比方說，當他們乘獨木舟離開，雷克斯不會像許多狗一樣沿著河岸追，而是留下來守著屋子，守著院子。牠會跟男孩去附近的牧草地趕牛，但也只會跑那麼遠。其他時間雷克斯都待在院子裡，在屋子周遭，牠是院子的**統治者**。牠會置身於可以看見屋舍、倉房、庫棚與院子每個角落的地方，待在那裡觀看一切、審視一切，一旦發現有什麼異常，有什麼不太對勁之處——例如兩隻公貓打架，這種事不時會發生，或是鵝群追逐男孩，又或是驚擾雞群的任何一件事，的的確確是**任何一件事**——牠就會介入，終結問題。有一次，雷克斯逮到一隻企圖溜進雞舍的臭鼬，隨即將牠碎屍萬段，絕不誇張。當時弄得到處臭烘烘，整個院子全是可怕到極點的撲鼻惡臭，而雷克斯身上也帶著濃烈的氣味，讓他們有一個多星期都不敢靠近牠。不過那隻臭鼬一隻雞都沒偷到，也永遠偷不到了。

其實牛並不需要人趕，一到擠奶的時間，牛就會自動往倉房移動。然而離開農舍走向牛群，再跟隨牛群走回來，身處於那一大片齊整翠綠又美麗的草坪，還有雙領鴿在四周飛舞，雷克斯腳步輕緩地走在身旁，男孩就像進到一個專屬於他的美好世界。

到了牧草地後，他會脫去鞋子，用鞋帶綁起掛在脖子上，然後就這麼赤腳走在潮溼的青草地，偶爾扭動一下被草葉搔癢的腳趾。有時候一不留神（通常是因為被雙領鴿媽媽轉移了注意力），他會意外踩到新鮮牛糞。牛糞黏呼呼的，還會鑽進他的腳趾縫，但感覺好像沒有鵝大便那麼糟。說不上來為什麼，就是沒那麼糟，腳放進河水裡時也能洗得比較乾淨。

牧草地中央有一塊專供牛舔舐的鹽磚，已經被舔出一些彎彎的凹洞，看起來好好吃的樣子，他也試著舔過幾次。嚐起來是粗鹽的味道，但還不錯，而且有的時候，比方說在太陽毒辣的午後去趕牛時，嚐起來更是美味無比。

這群牛似乎有所感知。牠們會一齊走在男孩和雷克斯前面，彷彿若有所思，慢慢沿著小徑走向倉房。有時候男孩會與牛並肩而行，把手放在牛身上，不自覺地心想：也許藉由手的觸碰，他能得知牛所知道的事。感覺很好，他心裡的感覺很好，卻說不清為什麼，而牛似乎也不在意。

牛到了倉房門口便會自動進入，爬進自己的舍欄後站定，此時男孩會走向飼料袋，替每頭牛舀滿滿一瓢愛蒂所謂的「甜飼料」，倒進被舔得變形又老舊的木頭飼料槽。和鹽磚一樣，槽內的飼料看起來也好好吃，他試了一小口，慢慢地咀嚼。還不錯。有點甜甜的，像糖蜜和鐵混在一起的味道，他暗想也許可以倒在碗裡配牛奶和蜂蜜吃，但吃早餐時他始終沒機會嘗試，因為有太多其他的美食了：鬆餅淋上覆盆子糖漿，濃粥中央放一坨鹹豬油，再淋上滿滿的半結晶蜂蜜，還有酥脆到碎開來的醃培根，搭配剛從雞舍撿來的雞蛋，讓他像被餵養的牲畜一樣大快朵頤。然而在日後的人生中，在軍隊裡，在忍飢挨餓的地方，他偶爾會想起那充滿美好回憶的乳牛甜飼料。

關於牛的雜活，不只是每天趕牛進倉房兩次，之後還得鏟清糞溝。儘管牛在倉房的時間不長，只是為了擠奶，然後就會回到牧草地，但幾乎每次都會在糞溝裡留下西格所謂的「最好的禮物」。溼答答、劈里啪啦，糞便約莫會從離地一百二十公分高的地方排入溝槽，牛排便時他要是靠得太近，身上多少一定會被噴到。有時候是噴到臉，有時候可能會有一點點跑進嘴巴裡。這不能說是世界上最慘的事，但他還是不停地吐口水，直到有新的味道壓過為止。也許是舔舔鹽，或是吃一湯匙蜂蜜。味道比牛糞好的東西多著呢。

牛奶擠完後會放在高高的馬口鐵桶內，送到雞舍旁的井房。井內數十公分深有個可以當擱架的突出處，溫度始終比外面低，高高的牛奶桶實際上會有約十五公分浸在水裡，得以保持冰涼。凡是之前剩下的牛奶（量總是很多），都會倒進外面低矮的木槽裡餵雞。愛蒂說這樣能強化雞蛋殼，也能讓雞蛋更美味。男孩認為這是實話，因為他自己就覺得那些蛋好吃極了，尤其再配上酥脆培根和放在木柴爐灶頂上烤過的新鮮麵包。

男孩留意到牛奶槽不是只有雞會去，小貓咪也會去舔，直到牛奶被太陽晒到發酸，但即使變成這樣，他發現雷克斯還是去舔了幾次，更別說偶爾也會有冠藍鴉飛來喝一點。

擠奶的雜活結束，倉房的糞溝也清完後，男孩的打雜任務是提著鋪了乾草的舊水桶去撿雞蛋，以及往土裡丟一點飼料讓雞去扒抓啄食。

然後他會到屋前的臉盆架清洗手臉。臉盆上方的牆上釘了一支舊鹿角，上頭掛著毛巾，男孩用毛巾擦乾手臉後，便進屋吃早餐，早餐可能是加了豬油、鹽和蜂蜜的濃粥，或是鬆餅，或是雞蛋配剛出爐的麵包（西格說是「新」麵包）。一直吃到他覺得肚皮就快撐破了為止。此外，當然還有咖啡。

早餐過後，就該開始這一天的正經活兒了。

屋後的屋外廁所後面有一大片菜園，必須經常除草，尤其是剛種了馬鈴薯那塊地，因為算是提早下種，另外還有三排甜玉米。西格說玉蜀黍是很脆弱的植物，要是不把雜草除乾淨，它就會死。所以不管是誰，只要一閒下來，就要回到菜園，用和斧頭一樣鋒利的鋤頭隨手鋤鋤雜草，不然就是用手將草連根拔起。

正因為那片菜園，男孩終其一生都痛恨雜草。

可惡的東西。他聽愛蒂罵過一次，因此他拔起了草。

可惡的東西。

雜草。

男孩來這裡夠長一段時間後，他漸漸適應了生活的步調和節奏，也熟悉了自己的打雜任務——除了菜園的除草工作，如果再加上其他上午與下午的雜活，幾乎就用掉他一整天的時間。有天早上用完早餐後，西格隔著餐桌看著他說：「今天得去玉米田整地了。」

菜園裡有玉米，一天到晚都在除草，男孩覺得應該沒有任何一株壞掉。不過那是甜玉米，是烤玉米，也是愛蒂所說的餐桌玉米。另外一種則是普通玉米，做飼料用的。那片玉米田十分遼闊（日後回憶起來，他猜想應該有八公頃左右），根本不可能徒手拔草。

何況西格說的是「整地」，男孩似懂非懂，但還是靜靜坐著。他從西格那裡學到很多，而其中最重要的一點是：只要你不拿問題煩他，你遲早會知道答案，而且多半不會太遲。因此他暫時將「整地」收歸到「不知道」的專屬角落。

「也就是說需要馬，」西格邊將咖啡喝完邊說：「我們得去牧草地把馬趕回來。」

「我們？」男孩說：「你是說你要我幫忙去趕馬？」

這會是個問題。馬和牛同在一片牧草地，通常離得很遠，遠在最東邊，那裡有幾棵可以用來做籬笆的榆樹，馬就站在樹蔭底下。通常牠們不會進倉房，只會在河邊飲水，總對男孩視而不見，一如他也對牠們視而不見。

男孩倒不是特別怕馬，只是擔心牠們不理睬他。而且馬的體型巨大，隨便就是牛的兩倍大，有如覆著褐色與黃褐色毛髮還長了腳的兩堵牆，他覺得自己應該可以從馬的身體底下走過去，所以呢，還是別去招惹牠們比較明智。

「你去帶馬回來。」西格說，男孩腦中立刻一片空白。「我趁這段時間來給耕耘機上油，也把馬具準備好。」

好啊，男孩暗忖，那有什麼問題？這種事我彷彿都做一輩子了。「我要怎麼做？」

「你去倉房最西邊，拿下掛鉤上的牽繩，走過去，把繩子套到其中一匹馬的脖子上，牽牠回來。套哪一匹都可以，另一匹自然會跟著走。」

男孩心想，萬一牠們不想跟來呢？萬一有一匹馬踩他呢？但他沒有出聲，認命地往倉房走去。離馬兒愈來愈近時，男孩暗想：牠們的腳大得像洗衣盆一樣。他會被踩扁成牧草地裡的一團肉醬。萬一發生這種事怎麼辦？小孩肉醬要怎麼撿起來？用鏟子嗎？用拖把？會像牛大便一樣撲通掉下來嗎？會像鵝大便那麼臭嗎？

男孩拿起牽繩，走出倉房。兩匹馬都在牧草地上，站在牠們平時待的角落，他慢慢地走過去，一點也不急，沿路仔細地端詳雙領鴿與青草與其他幾乎所有的萬物，反正沒有那麼急。

以前在牧草地，馬兒總是大大地（用「大大地」形容完全恰當）無視他的存在。但這次看見他靠近，牠們提高了警覺，並起步朝他走來——事後西格說那是因為牠們看見他手上拿著牽繩。然後褐色那匹（後來得知牠叫吉姆）開始踉踉蹌蹌小跑步起來。

直奔男孩而來。

而另一匹馬（名叫小黑）也開始快跑，男孩看著，覺得牠們似乎愈跑愈快，大腳每踩下一次，就覆蓋一片面積驚人的土地。牠們疾馳的聲音宛如小聲的雷鳴，不過也不是那麼小聲。

直奔向他。

他停下腳步，對於自己該做什麼毫無頭緒。要跑，看起來是不太可能。他一跑，馬兒轉眼間就會追上，會直接從他身上踩過去，說不定還完全沒有感覺。他肯定會**啪**的一聲，當場變成一坨小孩肉醬！

於是他定定站在原地，當馬兒眼看就要衝上來，他連忙閉上眼睛。不管接下來會發生什麼，他都很確定自己不想看見。

忽然間，一切都靜定下來。

沒有人踩過他，沒有噠噠重踏的馬蹄製造出小孩肉醬。

他睜開一隻眼。

接著又睜開另一隻。

只見兩匹馬就停在他面前，正把頭垂到他的高度，在嗅聞他的頭髮。他伸出一隻手，輕拍吉姆的鼻子。軟軟的，有彈性，而且溫溫熱熱的，讓他想到「溫和」二字。噗噗噴出的熱氣彷彿來自一個有生命的洞窟，是又溼又熱的氣體。他又拍拍小黑，摸摸牠的鼻子，也感覺到一樣的熱意。男孩心想，好像兩隻超級巨大的小狗，真的真的好大的小狗。

兩隻幾噸重的小狗。

他很慢很慢地抬起手，將繩圈繞過小黑的耳後套在牠脖子上，接著退後一步，這時兩匹馬都抬起頭來，男孩於是轉身起步走，馬兒便跟隨在後。他抓著牽繩末端，馬兒則小心地保持一定的步伐，以免追上或超過他而使他受傷。就好像這件事牠們已經做了一輩子。

兩匹馬極盡所能，完美地步向倉房，**大大的完美**——這是西格的說法，用來形容某件事完全沒有任何差錯。到了倉房，男孩停下腳步，馬兒則低下頭，他便從小黑脖子上取下牽繩，還勇敢地搓揉牠一隻耳朵，當成另一種形式的輕撫。接著兩匹馬自己走入倉房，往東側門邊的雙馬廄移動。

西格正在那裡等候。看見兩匹馬各自的飼料槽都已被舔得一乾二淨，他便往裡頭倒入甜飼料，隨後趁馬吃飼料時，替牠們套上馬具。

有一些事情實在太複雜，男孩很難跟得上，套馬具就是其中之一。首先在馬兒的脖子掛上一個大頸圈，頸圈上有兩條粗皮帶往後延伸超過兩匹馬的後腿，末端連接著長約六十公分的鍊子。馬背上另有許多較小的皮帶，用來固定粗大的馱負帶，再來還有馬轡，包括嚼子和長皮繩（名為韁繩），男孩後來發現西格會用這些長繩讓馬轉向或停步。

西格讓馬兒退出馬廄，然後夾在兩匹馬頭中間，牽著馬走出倉房門，穿過倉房前的庭院。庭院一側擺了一些農用機具，剛才男孩就看見了。機具大體上看起來十分老舊，有些地方還生鏽，他原以為那多半是廢鐵。

他又錯了。

其中一件機具有兩個輪子，中間有個杯狀座位，底下垂著一些金屬條，每根金屬條末端都有尖尖的鏟頭。機具前方還有一根長長的木軸突伸出來，靠近機具主體的地方則另有一枝橫桿。西格快速地讓馬調轉方向，其中一匹馬（小黑）跨過了木軸（男孩後來得知那叫「轅桿」），如此一來兩匹馬便各站在轅桿兩側。

從頭到尾，西格都不斷地和馬兒說話，對馬下指令。「過來，吉姆，後退，小黑，後退，後退……停。慢慢來，停下。」馬兒聽著他的聲音行動，直到站定位停住後，他將牽引鍊扣到橫桿上，然後走到前面，拉扯轅桿末端，直到轅桿隔在馬頭之間，再用一個橫檔連接上粗重頸圈的底部，將轅桿固定在兩匹馬身上。

完事後，他轉身對男孩說：「你準備好要走了嗎？」

男孩站在馬兒旁邊，看著這套裝備說：「只有一個位子。」

西格搖了搖頭，大手往下一撈，抱起男孩，讓他坐到小黑肩上。「抓住頸圈上面凸出來的那兩個小握把。那叫做頸軛。你坐好以後抓緊了。」

一開始，有好一會兒，男孩可以說是嚇得半死。不過馬兒巨大無比，看起來又很穩，因此當西格坐上座位、拾起韁繩、咂了一下舌頭，馬隨之踏步前進時，他絲毫不覺得害怕或不安。

他們穿過院子前往玉米田，愛蒂從門廊上看見了，揮起手來，男孩便鬆開握把揮手回禮。只是很快地揮了一下。

「在那上面很好吧？」愛蒂喊道：「很像從小山丘頂上往下看。」

到了玉米田，西格讓兩匹馬各在兩行玉蜀黍之間就定位，然後利用一根高高的操縱桿將尖鏟頭放低，鏟頭約莫嵌入地面兩三公分，可以像刀子一樣刮掠。接著他咂一下舌，便沒有再說一句話。

馬兒知道要往哪走、要走多快、要如何小心不去傷害挺立的玉蜀黍（約莫有將近一米高），西格和男孩只是搭順風車。馬兒什麼都知道，而耕耘機（這是那部機器的名頭）只是隨著滑動，將雜草連根拔起。

可惡的東西。

馬兒走到這一行的盡頭後，往外移動了一點點，朝正確無誤的方向轉得恰到好處，接著開始往回走，為新的兩排玉蜀黍除草，完全自動自發，無須西格發號施令。

早在走完第一行之後，男孩便已經徹底習慣乘坐在小黑背上，只覺得馬背寬闊得有如一張活動桌子，幾乎忘記自己正在騎馬。

愛蒂說得沒錯。他位在地面上方兩三米的高處，看到的景象明顯與平時不同。他可以看得更遠，可以看到兩隻鹿在玉米田另一端啃食玉米，可以看見蓬蓬鬆鬆的白雲飄過森林上空，朝遙遠的南方飛去，甚至可以看見蜿蜒於樹林間的部分河流，那正是他們搭獨木舟去採菇的那條河。

從許多方面來說，這景象都像是一幅畫，一幅讓他永生難忘的畫，一幅記憶之畫。一段時間後，第二行、第三行、第四行都走過了，馬兒拖著沉重腳步前行，太陽溫暖舒適，加上玉米的清新氣味，讓他全然忘記了煩憂。

起初男孩並未入睡，只是睜著眼沉浸於馬背上的舒適感，既清醒又不清醒。不過，在時而清醒時而迷糊的情形下，他終究還是睡著了。

他想必顯露出快要失去意識的模樣，也或許是身體開始歪斜，因為他聽見西格輕聲讓馬停下，走到小黑旁邊。西格將男孩抱下馬，回到耕耘機，接著爬上座位，讓依然熟睡的男孩窩在自己腿上，隨後又發出一個輕細聲音，馬兒便繼續幹活。

男孩不確定自己睡了多久，也不確定自己是不是真的在睡覺。他只覺得非常地、徹頭徹尾地舒適，而且……非常安心。就是安心。他當時心想，自己以前從未有類似的感覺，他總是以為、總是覺得、總是知道、總是相信有某種風險存在，在他短短的人生當中總有某種迫在眉睫的危險，讓他無法卸下心防，無法真正地、輕鬆自在地感到安心。

可是在這裡，在這兩匹馬兒身後，乘著玉米耕耘機，坐在一個男人腿上，他體會到了百分之百的安心。就連氣味聞起來都對，都讓人安心。從馬兒身上往後飄散的汗味，西格的連身工作服因勞動而散發的溫熱氣味，西格輕輕吐出的氣息，以及裡外、上下起伏的胸口，將男孩團團圍住，庇護著他。

男孩深深陷入其中，超越睡眠，超越意識，超越一切，到達安全之地，到達徹底的舒適與避風港。歷經許多年後，又或許終其一生，他都不會再體會到像這樣比休息更深切的保護，一種堪稱愛的歸屬感。

他就這樣在西格的庇護中不省人事，直到某一刻西格拉韁停馬，男孩睜開眼睛才發現時候不早，已是傍晚時分。他們回到了院子裡，西格將男孩放到地面。他站在那裡看著西格解下馬具，讓馬兒經由倉房後側走進牧草地。

馬兒移動到河邊飲水，他們倆則往屋子走去。愛蒂已經擠完牛奶也做完傍晚的工作了，但人仍然還在倉房，所以西格便往爐灶添柴，並將肉和馬鈴薯薄片放進平底鍋煎。

男孩身子搖搖晃晃，還沒完全睡醒，他坐到餐椅上想著許多事情。他想著一切都還是一樣，卻又有點不同，想著自己不只是有了歸屬，而且現在已經融入，已經是所有事情運作的一部分，永遠都是。

愛蒂做完雜活進屋時，西格與男孩正在將晚餐擺上桌，西格準備了馬鈴薯和肉，還有用來塗奶油與蜂蜜的厚切麵包。吃過飯、洗完碗盤後，男孩爬上爐灶後面的樓梯。

他進到**他自己的**房間，然後鑽進被毯就睡著了。他只夢到雷克斯像隻巨大的小狗般追逐一隻蝴蝶，雖然始終沒有抓到，但仍不停地搖著尾巴。

隨後便再無其他，什麼也沒有。

土糖果

夏天彷彿層層疊疊地降臨。男孩才學完一件事（例如做雜活或整地或划舟或採菇或拔可惡的雜草），馬上又會冒出另一件事。

有一天，幹完了雜活也吃過早餐後，愛蒂看著餐桌對面的男孩，面帶溫柔的微笑說：「你知道你是什麼嗎？」

「什麼？」

「你是我們最新的小馬鈴薯。」

男孩聽不懂愛蒂的意思，但既然她面帶微笑，那就代表應該是好話，如果她希望他是他們的小馬鈴薯，他就會照做。於是他點點頭說：「好吧，我是你們的小馬鈴薯，如果那是好事的話。」

「是最新的，」她糾正道：「而且不只最新，還是最好的。」

「我聽不懂你在說什麼。」

她看著西格，只見他微笑點頭，伸手越過餐桌撥撥男孩的頭髮。「就像土裡長出來的糖果……今天晚上你就會知道了。」

等院子的雜活做完，倉房也清完後，西格回到了屋內，這時男孩已經快餵完雞了。西格和愛蒂一起走出屋子，他手裡拿著大大的菜園挖土叉。

「來吧，」愛蒂說：「上菜園子去。」

男孩於是跑步穿過院子追上去，跟著他們來到東邊一行隆起的土堆。那土堆顯然是馬鈴薯壟，卻與其他馬鈴薯壟相隔開來（男孩放眼望去沒看見半株可惡的雜草，忍不住感到一絲驕傲），接著只見西格用大叉挖開了第一株植物下方的土。

「這些很早就種下了，我們在上面鋪了乾草免得它們凍壞。」愛蒂指著剛挖的洞說：「你用手挖挖看。」

男孩跪下來，往土壤深處抓去。那是肥沃的軟沙土，摸起來溫溫熱熱的，這時他摸到一個圓圓硬硬的東西，拉出來一看，原來是一顆新生的紅色小馬鈴薯。

「還有更多。」西格再度用大叉挖掘第二株植物，翻起土來。「繼續挖。」

男孩照他的話做，不一會兒，大概已經挖出兩公斤多的新生紅色馬鈴薯。愛蒂用手把馬鈴薯外皮擦乾淨，放進她隨身攜帶的麵粉袋。

「今天晚上晚一點，」西格說：「我們會把它們用水煮熟切塊，加鹹奶油吃——嚐起來簡直就像上帝賜給我們的土糖果。」

「它們是馬鈴薯。」男孩說：「我們以前就吃過了。」

「這些不一樣。」愛蒂站起來，拍去膝蓋上的土。「它們不像白色大馬鈴薯那麼耐寒，所以種下去以後，一挖出來就要馬上吃。你等著看吧。」

愛蒂說得沒錯。晚上她在爐子上用滾水煮馬鈴薯，煮到鬆鬆軟軟，只須用叉子輕輕一使力，就能切碎並壓成泥。他們配著奶油和褐色肉汁一起吃，愛蒂在肉汁裡加了他們採回來的菌菇增添風味，吃起來就像……就像糖果。幾乎就是那麼地甜——男孩實在不敢相信從土裡挖出來的東西，竟然會如此美味。

當晚，他吃得肚子鼓鼓地上床，脣間仍留有鹹奶油與新生馬鈴薯的鮮甜味道。

他的臉上帶著一抹微笑。

他十分自豪能被稱為最新最好的小馬鈴薯。

而且他正躺在**他自己的**床上。

鵝群戰爭

男孩打赤腳在牧草地上奔跑時，小腳趾撞到石頭，他以為腳趾斷了，不禁脫口飆出一串以前在芝加哥酒吧學來的字眼。西格聽了有話要說：髒話要是罵太多、太常罵、罵太大聲又罵得太笨，是沒有用的。如果真要罵，只能偶爾罵一兩個字，那才有意義。

於是男孩問起鵝的事。他並不常談論這些事，因為那群王八蛋（呃，他好像罵了難聽話，但可能就這麼一次吧）從來不放過他，但是又不可能每次聊天就搬出來說。比方說，當男孩走向倉房，鵝就會追過來，當他要去餵雞，鵝就會「撲轟」他，還有**每**、**一**、**天**早上當他吃完早餐，要去屋外廁所上大號，鵝群也會埋伏在半路。

然後「撲轟」他。

對他又咬又擰，還用翅膀揮打他，而且**每**、**一**、**天**早上當雷克斯鑽進這群可惡傢伙之中時（這樣說沒關係，因為他也都會說雜草可惡），牠都會被鵝群給打出

「屁瓦登」。（男孩不知道這幾個字的真實意思是「尿片」，只不過愛蒂老是掛在嘴邊，譬如貓打架的時候——「牠們簡直是要把對方的屁瓦登給打出來」，所以他心想說了也沒關係。）吃晚餐時，他們針對這幾個字聊了許久，最後三人商訂好就是這麼寫的：屁瓦登。

先是雷克斯被打出了屁瓦登，接下來很快就輪到男孩。某天早上，他驚險萬狀地跑到廁所，保住了小命，不料走回門廊的途中卻慘遭痛擊，雷克斯趕來援救，之後走起路來就開始嚴重跛腳。

男孩在倉房裡找到正在修理馬具的西格（他人都還沒到倉房，一大群鵝就追過來了），他站進門內，氣喘吁吁，在芝加哥學到的難聽話幾乎就要全部脫口而出。雷克斯站在他身邊，同樣也氣喘如牛，心裡八成希望自己也知道一些難聽的狗語。

「為什麼，」他喘著氣對西格說：「你為什麼要養鵝？」

西格坐在一把擠牛奶用的三腳凳上，陽光從大門照入灑在他身上。他剛縫好一條馬具皮帶，剪斷粗線繩後，他將馬具擱在腿上，呆呆注視前方，然後歎了口氣說道：「其實我也不太知道。有時候，愛蒂會用鵝毛做枕頭，或是煮一兩顆鵝蛋，每年也可能會殺一隻來過節。像是聖誕鵝餐，你知道嗎？所以就養了。」

「已經好幾個星期又好幾個星期，牠們就是一分鐘都不放過我。牠們會弄死我的，不然就是雷克斯。」

西格點點頭。男孩見狀心想，好哇，只要沒給你惹麻煩，我死了也沒關係對吧。其實西格是在思考該說什麼，腦中一有了主意，他便說道：「當有個東西像那樣衝著你來傷害你，你就要馬上先下手為強，讓對方覺得痛，一段時間過後，那東西就不會再來把你傷得那麼重了。」

他起身掛好馬具，叫男孩跟著他走出後門，來到河邊的一叢綠柳樹間。他砍下一截直徑將近四公分、長約一米二的樹枝，用刀剝下一條條樹皮，再用草葉將新木擦乾，然後遞給男孩。

「這要幹麼？」

「這是你的打鵝棒。下次牠們再找上你，你就大喝一聲，和牠們正面對決。你要拿著樹枝左揮右打，就像參孫拿驢腮骨殺獅子那樣。」

「真的嗎？」男孩從來沒聽過參孫這個人，也完全不確定驢腮骨是什麼，更不知道要怎麼拿著驢腮骨左揮右打地殺獅子。但這總歸是個辦法。他一週又一週地遭受鵝群攻擊，往往一看到牠們就跑，這幾乎已成了反射動作。恐懼馴服了他，制約了他。「真的嗎？要我去攻擊鵝，真的是這樣嗎？」

回到倉房後，西格站在門邊指向院子，鵝群老是在那裡走來走去，尋找攻擊目標，通常都會鎖定男孩。「我會看著，」西格說：「你要是被困住，我會去幫忙。再說你還有雷克斯。」

男孩來到門邊看著牠們，那群敵人，然後抬頭看看西格，只見他淡淡一笑，再次點點頭。「你走過去的時候要發出聲響，很大的聲響。」

好吧，男孩心想，就這樣。好吧。

他揮舞著全新的打鵝棒，移步進入院子走向鵝群。雷克斯原本站在他和西格旁邊，此時感覺到情況即將變得有趣，便離開倉房來到男孩身邊。

鵝群一看見男孩，立刻朝他撲來，毫不遲疑。牠們張開翅膀、尖聲嘶叫，進入火力全開的攻擊模式，就在將近一秒鐘的時間內，男孩的心臟幾乎跳到喉頭，讓他差點轉身就跑。不料雷克斯衝向鵝群，而他再也不能讓大狗孤身奮戰。

「啊啊啊啊啊！」

男孩彷彿從腹部，或者更深處，發出一種尖銳吼聲，事後西格說他覺得男孩是在尖叫。但無所謂，總之他吼出了巨大聲響，一種非比尋常的聲音，接著他便衝上前去。

然而根本嚇不倒鵝，牠們繼續撲來，隨著幾步蹦跳、一聲嘶鳴和一陣翅膀撲打，空中頓時充斥著鵝毛與鵝大便。男孩相中第一個目標，一隻兇惡的灰色公鵝，使盡吃奶的力氣大大完美地毆打牠，他使出了漂亮的一擊，公鵝隨即倒下（男孩以為自己把鵝給殺了，而老實說，他一點也不在意）。但幾分鐘後，他看見公鵝站起來，一跛一跛地走離混戰現場。

接著男孩衝向第二個目標（西格事後說他當時仍然繼續尖叫），然後是第三個，從那時起，他完全就是拿著棒子左揮右打，直到整個人穿過鵝群。隨後他轉過身，重新走回鵝群進行第二次穿越。他和雷克斯直接鑽了進去，片刻後，他們周遭除了紛紛落下的鵝大便和鵝毛之外，已無其他東西。鵝都不見了。

那些鵝，沒有再來找他麻煩。

接下來的一兩個星期，他仍隨身帶著棒子以防萬一。當他從鵝群旁邊經過，牠們會對著他嘶叫一些鵝的髒話，翅膀鼓動一兩下，有一隻歪脖子的鵝則直接掉轉過頭。不過戰爭結束了，當晚吃晚餐時，西格對愛蒂提起那場仗，說道：「孩子把鵝的問題解決了。」西格似乎對他的作為頗感驕傲，男孩不禁沾沾自喜。

鵝的突襲就到此為止了。

男孩解決了問題。

某個涼爽的午後，男孩正在除草時（如今他和愛蒂一樣，總是將每株草連根拔起，像在拔除疾病，怒氣沖沖地除著草），西格來到了屋前。他剛才去了牧草地的河邊，此時他把男孩喊到門廊來，在屋內的愛蒂也來到門邊。

「牠們起跑了。」他只說這麼一句，好像這樣就夠清楚了似的。

愛蒂點點頭，露出大大的笑容。「今天開始了？」

西格點點頭。「我們最好做好準備。今年比較晚，時間可能不會太長。」

「什麼起跑了？」男孩心想這麼問應該沒關係，因為會在牧草地上看見什麼在跑，他毫無頭緒。馬嗎？牛嗎？還有牠們為什麼要跑？

「魚。」西格回頭望向河流，彷彿要讓什麼東西顯形。「產卵的魚要洄游。每年春天融冰以後，魚就會洄游到上游去產卵。」

「我們要去看魚？」男孩想不出那又怎麼樣。

「我們要去抓魚。」愛蒂說：「我們要用魚叉抓幾隻來煙燻。」

原來如此，男孩心想，所以倉房旁稍遠處才會有那間小屋。之前他問起時，西格只說：「那是煙燻房。」這個回答幫助不大，但男孩知道西格回答完第一個問題後，不喜歡他再問第二個問題。因此他猜想，他們抓到魚或是叉到魚以後，會在小屋裡把魚用火點燃，然後煙燻牠們。

不對，一點道理都沒有。要把魚點燃很難吧。他心想暫時先別多問，慢慢就會知道了。

男孩發現，接下來是沒日沒夜的辛苦工作，辛苦到有可能忘記時間，忘記事情，忘記一切。

「你去把煙燻的火生起來好嗎？」西格問愛蒂。「我們去把滑道準備好。」

男孩跟著他去——他好像大半生都跟著西格，一直是個跟在西格屁股後面的男孩。他們來到河邊，在兩側堤岸變窄的地方，男孩看見在河水約莫正中央處豎立著一根柱子，此外岸邊的土裡也插了一根柱子，與水裡那根連成一直線。這些東西他先前就看過了，岸上的柱子旁邊還有一捲生銹的鐵絲網籬，所以他以為這些都是舊籬笆的一部分。

他又猜錯了。

男孩先是看著，隨後上前幫忙西格將獨木舟從原來的停放處拉近一點，然後推入水中，但船頭仍留在岸上。接著，西格將捲起的生銹圍網打開一部分，將一端突出的鐵絲綁在較近的柱子上，然後打手勢要男孩幫忙把其他的鐵絲也綁好，自己則抱著其餘還沒攤開的鐵絲網爬上獨木舟。他用一手划船，行進的同時一面打開圍網，到達立在河中央的柱子後，他將網子貼著河底拉緊，綁到河中柱子上。如此一來，網籬便成為一道水下屏障，凡是往上流游的東西，就得繞過它，從另一側較狹窄的開口通過。

就是魚，男孩暗想。魚就得游過那道狹窄縫隙。很自然地，他一直在找魚，但一條也沒看見。好像是水太濁了，要不然就是魚也和菌菇一樣，要用對方法才看得見。

「跟我來。」西格將獨木舟重新拉上草地後，說道：「我們去看看愛蒂準備得怎麼樣了。」

此時的他腳步匆忙，男孩幾乎得用跑的才能追上。實在很難相信軍隊不收西格，原因是他有一條腿比較短還是什麼的。他從來沒有對男孩詳細解釋過，只說他曾經試過，而軍隊以他的腿為由拒絕了。男孩為了趕上他，幾乎是全速奔跑，如此看來，從軍應該綽綽有餘吧。

愛蒂早已在距離小煙燻房約三米外的小火坑生起了火，並在火坑上放置一塊金屬板，又鋪上了泥土。他們到達時，她已經在金屬板上鋪好土了，而男孩覺得那樣做很好笑，不懂為什麼要挖一個洞把火埋起來。

隨後他看見小屋冒出煙來，愛蒂看出了他的訝異。「我們埋了一條從火坑通到小屋底下的煙管，這樣能讓煙降溫。用冷煙燻魚比較好。不過其實不管什麼肉都一樣，西格也很愛吃煙燻鹿肉。」

西格走去穀倉，從庫棚拖出一張舊桌子放到火坑邊，然後他又折返，出來時拿著一枝看起來很恐怖的魚叉。八根有倒刺的叉齒閃閃發亮，好像被磨得十分鋒利，末端的木柄約有三米長。

「你去井邊打一桶水，」他對男孩說：「把桌面潑溼，然後再去打一桶放在桌頭旁邊。」他想了想又說：「然後去拿另一個桶子到獨木舟那邊去，要快點。」

「要提水去嗎？」他不敢相信去河邊居然還需要先打水。

「不用。」西格已經轉身走了，幾乎是拿著魚叉小跑起來，他回頭大喊：「空的，拿空桶子來，快點。」

等男孩在倉房裡找到桶子追過去的時候，西格早已抵達河邊，拿著魚叉爬上獨木舟船頭，朝狹窄的河水段探出身子。那裡是魚群必須繞過網籬通行之處。男孩到達時，西格正全神貫注、目不轉睛地看著河面，接著冷不防將魚叉刺入暗濁河水。

他將手往上一提，只見一條將近兩公斤的魚在魚叉上扭動掙扎。他轉過身，微微晃動魚叉讓魚掉落在船上，隨即望向男孩說：「桶子拿到船上來，把魚裝進去。裝滿以後，趕快拿去給愛蒂，把魚倒在桌子上，再趕快把桶子提回來。」

「那要……？」男孩本來想問桶子裝滿要多久，但就在他爬進仍在岸上的船頭時，西格已經又轉回去叉起另一條魚，甩落在船上。兩條魚都還在動，啪嗒啪嗒亂跳，魚叉刺出的洞還流著血。

男孩遲疑了片刻，隨即想道反正魚不可能比黏糊糊的蚯蚓或鵝大便更糟，便伸出手指勾住魚鰓，抓起一條魚丟進水桶裡，接著又抓起另一條，而此時西格已經叉到第三條魚，接著是第四條，水桶立刻就滿了。

「去吧，」他沒看向男孩就說道：「現在就去，不然會太重。別浪費時間。」

男孩提著四條魚爬下船，跑向等在桌旁的愛蒂（她手上拿著一把彎曲的長刀），把魚倒出後又回去找西格。

西格已經又抓了六條魚。

男孩裝了四條，飛奔而去。

然後再回來。

又裝四條。

去了又回，去了又回，他覺得好像已經過了一整天。他每多提一桶魚，腳步都變得更加踉蹌。老天明鑑，他真不知道自己究竟跑了幾趟，也弄不清自己是往上還是往下跑。總之就是魚、魚、魚，一桶桶提不完的魚。

他甚至沒有去數到底有多少桶，更不知道總共有多少條魚。

遠遠不只是累而已。

背和腿都好像不是他自己的，而是屬於一個憎惡他的人。

完全麻木無感。

真的麻木了。

最後西格終於轉身說：「可以了。」

他將最後四條魚放進桶裡，左手鬆鬆地拿著魚叉，右手提起桶子，接著大步跑上山坡（是真的，他正在**大步奔跑**，男孩一面惶恐地想著，一面努力跟上），跑向站在桌旁的愛蒂。

噢，男孩心想，事情還沒完呢。他本以為這個，總之就是他們正在做的事，用冷煙燒魚還是什麼的，已經接近尾聲。好吧，沒想到還沒完呢。他踉踉蹌蹌跟在西格後面，看了眼前的景象以後大吃一驚並且更加惶恐，發現事情離結束還早得很。

其實連開始都還沒開始。

愛蒂穿著橡膠圍裙站在桌旁，把魚平放在桌上重擊一下，隨後剖開魚肚挖出內臟，丟進旁邊地上一個生鏽的舊煮水鍋。接著她又以同樣的動作，將每條魚從中間切開並攤平開來，再從放在桌子另一端（桌面乾淨）的袋子裡取幾把鹽，用力塗抹掀開的魚肉。

西格一刻也沒停頓，立即拿著另一把刀站到她身旁，切魚、清出內臟丟進煮水鍋，將魚翻開攤平抹鹽。

男孩傻楞楞地想道：我看不出來我能幫上什麼忙。他呆站著，直到西格作手勢讓他到裝內臟的鍋旁。「去倉房拿乾草叉來，把內臟鏟進剛才裝魚的水桶。滿了以後，就提到豬圈去倒進豬槽。然後再回來重新做一遍。對了，別浪費太多時間，不然會跟不上我們的速度，到時會滿地都是內臟。」

他真是傻瓜，竟然看不出來自己還有更多水桶活要做。他這次的打雜任務是：將內臟裝桶，提著內臟水桶快跑。他腦子裡彷彿念咒似的重複念著：水桶內臟提著快跑、內臟快跑提著水桶、內臟、到處溜跑的內臟。

若非親眼所見，男孩真不敢相信魚肚裡會有這麼多內臟。他提著滿滿的水桶跑了一趟又一趟，簡直不敢相信豬會吃這玩意兒。不過事實上，牠們好像愛得不得了，這玩意兒才剛嘩嘩流入豬槽，牠們就一擁而上。一開始，他只是呆呆地看著，覺得好噁心，後來才真正意識到豬埋頭進去邊吃邊甩的東西是什麼，於是連忙別開頭，趁他還沒……總之，他接下來都會在傾倒水桶時別開頭。

即使到了事後，男孩都很難以任何形式回想起任何事情。當時他提著內臟狂跑，跑到兩條腿不只是著火、不只是毫無感覺。等到內臟好不容易清完後，接下來是要把所有攤開來抹上鹽巴的魚都吊掛在小煙燻房裡的鐵絲上，好讓冒上來的煙能全部燻到。西格站在小屋門口內側，男孩則從桌邊來回地跑，將抹了鹽的魚交給他，並不時因為大口吸入從敞開的門灌出來的煙而嗆得難受。男孩每趟交出兩條魚給西格，愛蒂則不斷地處理好新的醃魚，讓他拿去給西格，然後他就這麼跑回來再跑回去，跑、跑、跑……

然後，從西格劈好的硬木柴堆拿更多木柴放入火坑，蓋上金屬板，鋪上更多泥土，然後遞給西格更多的魚。愛蒂不停地切魚搓鹽，男孩不停地跑啊跑，然後……

還有雜活。

要擠牛奶，要清倉房，要撿雞蛋，要餵雞，還要在豬吃內臟的時候把雞趕開——那群雞看到內臟就像長著羽毛的狼一樣，不停與豬爭搶。

然後再添柴。直到白天結束，太陽開始下山。愛蒂離開了一會兒，回來時帶著厚厚的三明治，還給男孩帶了一罐牛奶。三明治裡有黃黃的內餡，看起來像是塗了奶油，嚐起來卻有魚的味道。不過什麼東西嚐起來都有魚的味道，就連牛奶也是，而且聞起來也一樣，就連牛奶聞起來都有魚味。男孩坐下來靠在煙燻屋牆邊，一面努力地撐開眼皮，一面問愛蒂三明治裡放了什麼。

「魚子醬。」她說。

「什麼是魚子醬？」

「就是魚蛋。我殺魚的時候留了一些，用奶油煎過。很好吃吧？」

「魚蛋！」他不由得放下了三明治。「也就是說本來在內臟裡面？」

「還有奶油，這可是有錢人才吃得到的東西，魚子醬加奶油。好東西呀，你不吃嗎？」

他吃了。他把三明治吃了，為什麼呢？因為他很餓，餓得要命，而且三明治很好吃，這就是為什麼。

「等你吃到燉湯就知道了。」她轉身要回屋裡去。「那是西格最愛吃的東西之一。」

「燉湯？」男孩坐在地上，背靠著煙燻屋外牆。天黑了。四周開始天旋地轉，他的眼睛眼看就要闔上，但他還是拚命地撐著。「什麼樣的燉湯？」

「魚頭。放在水裡煮滾以後，我會再放一些馬鈴薯，明天就有魚頭燉湯可以喝了。每個魚頭都有厚厚的嘴邊肉，那是整條魚最美味的部分。你可以把魚眼睛吸出來，配著嘴邊肉和新馬鈴薯一起吃，西格說那是大大地好吃。」

其實，男孩聽見了她的聲音，卻沒聽見她的話。他很快就倒下去，不到幾秒鐘已經睡著。夜裡不知何時，有人拿毯子包住他，讓他睡在小屋旁的地上。他隱約感覺到旁邊有人，心想應該是西格，因為他得整夜留在那裡看火。早上男孩醒來時，西格還在，就坐在他身邊，下巴垂在胸前，一隻手臂摟著男孩的肩膀，好讓自己上身保持直立，有點像是倚靠著他，但男孩不在意。

一點也不在意。

當天稍晚，傍晚時分忙完雜活後，他們坐到餐桌前吃晚飯。男孩面前擺著魚頭和新馬鈴薯的燉湯，他吸出魚眼，配著嘴邊肉吃，並將剛出爐的麵包掰成一塊一塊吸取湯汁和奶油——這豈止是美味而已。

他當時心想（直到上了年紀，他還是這麼想），對他來說這樣很完滿，當下**那一刻**，一切都很完滿，大大地完滿。要是就這樣一直下去，他也不介意，他可以留下來，不去過另一半的人生，留在這一半的人生。

不該做計畫的。

永遠都不該為以後的事做計畫。

真的不應該。

在他們完成魚的煙燻工作並享用完魚頭燉湯後約莫一星期，他終於吃到一些煙燻魚（棕褐色，口感很韌，因為抹了油和鹽表面閃閃發亮），也終於明白他們為什麼要做這個，他為什麼要幫忙燻魚。那天他正在玉米田和雷克斯玩捉迷藏（當時玉蜀黍已經長得比他高了），他會沿著一行玉蜀黍跑過去，然後跨越三行玉蜀黍再喊雷克斯，看狗兒能不能找到他。

但雷克斯沒來找他，因為牠聽見車道傳來汽車引擎聲，便吠叫著追過去，一面低吠一面咬輪胎。

幾乎從來沒有轎車開進來農場過。事實上，自從住在這裡以來，他只看過一輛貨車開進來，是來跟他們買多餘牛奶的。

不過這回的聲音不同，是轎車，不是貨車，於是男孩小心翼翼地穿過玉蜀黍田回屋子去。老實說，他有點羞怯，因此繞到屋子正面，悄悄地從前門進屋。

他母親站在廚房裡，還有一個他在芝加哥見過的男人。西格和愛蒂面對他們站著。男孩暗自覺得奇怪，怎麼沒人坐下來？這時候他感覺到了，屋裡有一種緊繃的氣氛，緊繃到彷彿發出嗡嗚。

他悄悄溜進門。

他母親轉身看見了。「嗨，寶貝，我們來接你了。」

他想著兩個字：可是。

就那兩個字，可是。

「凱希叔叔要帶我們去明尼亞波利斯，我們從那裡搭火車去加州，然後再搭船橫渡大海，去一個叫菲律賓群島的地方找你爸爸。」

可是。

他沒辦法離開……

可是。

現在他找到這個地方了，他暗想。

一個屬於他的地方，他的歸宿……

「去拿你的東西，」母親說：「我們得走了。」

西格搖頭道：「孩子在這裡過得很好。他應該留下來。」

那個名叫凱希的男人上前一步。他不是男孩的叔叔，也永遠不會是。他舉起手指著門，一副好像很有辦法的樣子。「我們現在就要帶孩子走。」

西格忽然變高大了，就在一轉眼間。他動也沒動，卻好像變大了，高高俯視著廚房。他的聲音輕柔，但透著銳利。「我要你離開這間屋子。」他還在繼續變大，眼中有怒火。「馬上。」

那個名叫凱希、不是他叔叔的男人移動了身子，沒有血色的雙眼流露出一種新的神情：恐懼。他後退一步。男孩心想，如果西格衝他發火，就會殺了他，會直接扭斷他的脖子。想到這裡，感覺好像還不錯。

不料愛蒂跨上前來，以女人獨有的輕柔嗓音說道：「不，西格，現在不行，西格。他得跟媽媽走，西格。」重複喊著他的名字，像在輕唱。「我們現在得讓他走，西格，西格。」

西格轉頭看她，在他的眼睛裡、身體裡，彷彿有什麼安定了下來，而他自身也安定了下來，就在那麼一眨眼間變得安定。他看起來仍然龐大，但已經安定了，就像一隻狗，愛蒂輕撫著他，哄著他。

那個名叫凱希、不是他叔叔的男人走出屋門回到車上，男孩聽見鵝群奔向他，不禁面露微笑。接著母親上樓拿他的衣物和行李箱下來，牽起他的手，拉著他走向車子，期間西格從頭到尾都站在愛蒂身邊。然後他們倆一齊來到屋外，站在一旁觀看。

不是他叔叔的凱希將車子掉頭，駛出院子，雷克斯跟在旁邊跑，邊吠邊咬輪胎。男孩從後車窗看出去，一直看到看不見他們為止，他哭了一下下，又哭了一下下，但沒人看見。

只是自己偷哭，只是獨自哭泣。

而他滿腦子只想著：可是……

可是。

第三部

船

水痘

搭火車的旅程倒還不錯。

男孩依然想念愛蒂和西格，幾乎每一天，幾乎時時刻刻，幾乎每一次呼吸都會想到他們。而如今他已搭過許多火車，理應不會再有令他吃驚的事。

可是這列火車橫越遼闊國土，行駛的速度更快。車上雖然仍有一些返鄉的傷患，但列車的主要功能還是提供更快速的旅行，因此全程皆馬不停蹄地移動，乘客還可以在車上睡覺。

而且男孩有自己專屬的臥鋪，緊鄰一扇小窗，從天花板將收起的床鋪拉下後，可以從床上看著窗外的風景飛逝。有點像露營，又不完全是，但至少能讓他偶爾不會只是想著愛蒂和西格和農場。當列車飛快西行，男孩看見了開闊的鄉野，甚至有兩次看見騎馬的牛仔。

所以，還不錯。

另外有一節餐車，白色桌布上擺著亮晶晶的銀器餐具，並且供應美觀的餐點。

其中有切成三塊的溫熱小比司吉，可以配奶油吃，奶油呈小方塊狀，上頭還壓印著花朵圖案，男孩心想愛蒂應該會很喜歡。

一切都很好。

還有一節休閒車廂，他母親就忙著在那裡喝酒、和男人聊天。那些男人除了請她喝酒，也會請男孩喝可樂，盛在透明玻璃杯的可樂加了冰塊，使得杯子外側有冰水滴流而下。顯而易見的是那些男人買可樂給男孩後就想要他走，好跟男孩的母親攀談，而他也不必站到桌子上唱歌。男孩於是離開，走開時也無人理會，幾乎整趟車程他都處於這種放牛吃草、孤單一人的狀態。

行駛於鄉間的一路上有太多可看、可做的了，除了一座座高山、一條條河流，還有一座巨大湖泊，讓人覺得火車有如在水面上移動。當他在列車以超大幅度轉彎時看見正前方，便能不再因為想念愛蒂與西格而哭泣，只不過倘若回憶浮現得太過清晰，仍不免會抽噎一兩聲，譬如他戰勝鵝群的時刻，或是燻魚時他靠著西格肩膀入睡的時刻。他暗自尋思著他們過得如何、外婆又過得如何，但此時他的人生已經充滿突如其來、不明原因的沉默與離別，他知道自己不該問。

接著舊金山到了。

他們在濃霧瀰漫的夜裡抵達，原本預計要搭船橫越大洋前往菲律賓群島，預定的船隻卻尚未準備好讓乘客登船，因此男孩母親找了一間相當廉價的旅館，地點鄰近一個叫中國城的地方，底下有個市場，散發著油脂燒焦的味道。

這裡的人相當友善，可是男孩病了。他以為是聞到油脂味才會吐，不料後來全身冒出膿瘡，才知道自己長水痘。

替他做檢查的護士說長得很茂盛，但這又不是在開花。母親很生他的氣，好像他是故意染上水痘，只為了搞砸她所謂的「豪華郵輪」之旅。讓她更生氣的是有關單位告訴她，男孩要等水痘痊癒才能出國。他們說這種病會傳染給所有人，說不定會有數百萬人喪命，完全康復可能需要兩個星期到一個月的時間。

而他們的船預訂在一星期後啟程。

所以……

事情就是這樣——他們可能會困在這裡，聞那個燒焦油味聞上一個月。

但他母親去找了某個人談，那人又去找另一個人談，後來她將男孩獨自留在房裡，自己則到離旅館不遠處的一間酒吧與船長碰面。原本對男孩很好的人現在多數時候都不理他，因為怕自己也會染上男孩長滿全身的痘子。他們的恐懼與日俱增，雖然每天確實會為他送兩次飯（他母親幾乎從來不在），卻只會將飯菜（一碗冒著熱氣的黏稠白飯，上面往往蓋著一片油滋滋的肉或是蔬菜，另外還有兩根小木條）放到門底下，敲敲門就走了。男孩看見的小木條就是筷子，可是他不知道該怎麼拿，只能勉強把食物從碗的邊緣舀進嘴裡。他覺得大家對他的病太大驚小怪，可是當他照著洗手臺上方那面破鏡子，也不得不承認自己看起來醜斃了。他全身流著膿，活像一個會走動的膿包。他心想，要是得像這樣度過一個月，他的小小心靈會瘋掉，而且西格也一定會這麼說。

不過五六天後，在濃霧瀰漫的深更半夜，在陰暗的旅館房間裡，母親和一個男人靠在他床邊，輕輕推醒他。

「你絕對要保持安靜，」母親小聲地說：「雷格茲先生會把你包起來，抱著你。」

用來包住他的不是毛毯，也不算是地毯，而是一條粗糙的防水布，有汽油、油脂和另外一種不知是什麼的味道（那男人身上也有）。另外那個味道他沒聞過，只覺得這種新出現的水味聞起來很濃，大概是鹹水味，還有類似魚的味道。臭魚和鹹水。

「要去……」他正打算開口問，但母親立刻打斷他，並將防水布的一端拉過來蓋住他的頭，讓他看不見東西。

「我們要上船了。」她說。

「可是他們不是說要等到……」

「雷格茲先生是船長，他說沒關係。好了，別亂動也別出聲。」

在那個暗夜裡，他們是這麼對待他的。他們把他放到車子後座，讓他斜躺著，身上依然蓋著防水布，因此他看不見要上哪去。不久後車停了，雷格茲將他拖出去扛上肩，像在扛一捲軟軟的地毯或某種裝備。這時候鹹水和油脂的氣味更濃了，而且有個低低的馬達運轉聲就在附近。接著他們經過斜斜的走道（即使僅能感受到雷格茲的身體與右肩起伏，男孩也能判斷出動作變得有所不同），而馬達的隆隆聲變得更響亮、超級響亮並充斥在四周。然後雷格茲爬下陡梯，踩著重步走過狹窄通道（途中男孩的頭撞到牆面上一些會滑動的突出物），隨後轉了個彎，很快便停下，最後他將男孩放到腳邊，打開防水布。

明亮炫目的白光立刻如細針般射向男孩的雙眼。單調、爆炸性的白光，他閉眼、張眼又閉眼，最後視線終於穩定下來，他也總算看清自己的所在，但眼前的景象一點也說不通。

那是一間漆成白色的鋼鐵製小艙房，一側牆邊有兩張睡鋪，房間另一頭還有個馬桶座和小洗手臺焊接於牆面。有一盞燈從天花板垂掛下來，亮得不可思議。由於所有東西（包括牆、天花板、臥鋪）都漆成全白，使得燈光更顯耀眼，也讓男孩覺得那盞燈就像是室內的太陽。

這裡沒有窗口能讓他看見外面的世界，因此對於自己可能身在何處，他毫無概念。他正要張口問時，雷格茲指著下鋪說：「你得在這裡生活一段時間。」

「我們在哪裡啊？」

母親站在雷格茲旁邊，說道：「在船上。雖然有一些無聊的規定，船長還是讓我們上船了，不過你得待在這裡直到……」

「直到什麼時候？」

「直到我說你可以出來。」雷格茲的語氣充滿威嚴。此時男孩可以看見雷格茲了，發現他和他身上的氣味倒是滿搭的。油脂味加上鹽味再加上一點魚味，而且整個人看起來像是用老舊零件拼湊而成。他駝背卻強壯，舉止粗野，一如他身上的氣味，並且已經非常習慣別人對他唯命是從。

雷格茲隨即轉身，離開了小艙房。此時，男孩發現母親和一個矮小男人站在門口。那人頭髮烏黑，兩側剪得很短，頭頂部分留得比較長，身穿漿得筆挺的白色海軍制服。男孩心裡已經集結了一長串問題，正打算問母親，卻看見她眼神怪異，皮膚發青，好像想吐的樣子，接著她也轉身隨雷格茲匆匆離去。

「她暈船。」矮小男人邊說邊搖頭，還發出嘖嘖聲。「我們還在碼頭，光是港口海水的起伏就讓她暈船了。有時候不常搭船的人就是會這樣，一上船就暈船。」

「你是誰？」男孩開門見山地問，才問完便想起與西格的相處情形，想起了有時候閉上嘴不問問題，反而更容易學到東西。可是他還來不及打住，話已脫口而出。

「我叫魯本。」男人面帶微笑說：「請脫下你的上衣。」

「什麼？」

「脫掉你的上衣和褲子。我得看看你的膿瘡，替你清除痂皮。」此時男孩才看到魯本手上拿著一盒棉花棒和一瓶液體，原來是酒精。最後男孩照做了，魯本便開始用棉花棒輕擦他的水痘。

有點痛。沾酒精的棉花一碰到傷口，男孩就感到微微的灼熱刺痛，但他想起了與鵝群奮戰的經歷，於是強自忍耐，並趁機向魯本提問。

他得知好多事情。

首先，魯本來自菲律賓群島，也就是菲律賓人，第二次世界大戰一開戰，他就加入美國海軍。他在這艘船上擔任服務員，當幫手，不時也得幫船員或者乘客做點零碎的醫療工作。他對男孩十分和善，每次（也就是男孩被關在小牢房裡的每一天）見到男孩，都會露出與他溫柔嗓音相符的溫柔笑容。

這裡的確是牢房。這艘船絕絕對對**不是**如母親所想的豪華遠洋郵輪，而是幾乎稱得上老舊的一艘破船。這是凱薩造船廠在戰時快速製造而成，名為自由輪的船種，航行生涯的大半時間都在運送軍隊與裝備往返各島。這艘船目前的狀況仍可堪使用，只是有一些小毛病。「她累了，」魯本對男孩說：「這艘船累了，需要休息。」男孩待的所謂的房間以前是牢房（被稱為「禁閉室」），用來監禁違法亂紀的人。

剛上船不久，有一次男孩使用艙房裡的馬桶，按下牆上的小橫桿沖水時，忽然感覺到船動了。他以為自己做錯什麼，連忙跑回床上，但船的移動並未停止，感覺整艘船好像先側傾，接著往後，然後又往前，又好像全部同時發生。

房間裡實在太亮，男孩原以為自己恐怕永遠無法闔眼，沒想到引擎的律動與船的搖晃卻讓他完全放鬆下來，輕易便入睡了。

雖然時間難以掌控，因為他既看不見太陽也看不見黑暗，無法判別日夜，但事後男孩發現自己被關了十天。他數日子的方式有二，一是計算魯本每天為他送來兩次的餐點，二是魯本每天都會花一點時間替他清瘡。

在那十天當中，母親每天會下來看他兩次，但她幾乎被動暈症折磨得不成人形，尤其是在船離開舊金山，移動（說「移動」再恰當不過）進入遼闊的太平洋時。船乘著從後方湧來的緩浪，優雅地滑行過海面，男孩覺得船的行進十分舒適，能令人徹底放鬆，入睡後的他就像被槌子輕輕敲昏過去似的。可是同樣的行進卻讓他母親病得快死了。魯本每天都會向他告知母親的最新狀況。「她隨時都抱著一個桶子。」魯本告訴他：「她是個美女，卻得抱著個桶子。」男孩從魯本的表情看得出來，他覺得很好笑，只不過盡量不顯現出來。

就許多方面而言，男孩並不介意母親不在身旁。船本身，以及船引擎透過船身與他四周牆壁的鋼鐵傳來的震動，混合成了一種音樂，在他發睏時成為搖籃曲，在他清醒之際看漫畫書時，成為一種安心的陪伴。

還有吃糖果時也是。

船上有許多男人，個個都想見見男孩的母親、想認識她，他們以為只要巴結男孩，他就會幫忙。男孩後來知道也明白了自己是在作隔離治療，他們不能來找他，可是他們很快就發現魯本每天來看男孩，因此幾乎每個人都會拿漫畫書和糖果找魯本搭訕，要他轉交給男孩，另外還附上紙條希望男孩拿給他母親。但以目前的情況看來，船本身已成了他的母親。

一艘母親船？

有時候男孩獨自躺在床上，徘徊在夢鄉邊緣，他會擠到牆邊，讓頭頂上從不熄滅的燈光投下上鋪的陰影，並將手掌平貼在鋼鐵牆面，去感覺、去**知曉**引擎正宛如溫熱跳動的心臟般脈動著，讓那脈動將他帶入夢鄉。

日子不斷流逝與交疊。魯本有空的時候會告訴男孩關於他家鄉的事，那是在菲律賓群島，一座名叫馬尼拉的大城市，他會編織有關他在那裡的時光與那裡的人們的故事，而且總是快樂的故事。男孩起初對一切懵懂無知，後來逐漸變得求知若渴。一開始，他完全不知道什麼是太平洋（魯本說那是全地球最大的事物），前往菲律賓更有如童話。有一度他想知道那裡有沒有精靈可以讓人許三個願望，因為他在漫畫書裡看過這樣的故事，或者那裡有沒有怪物。到頭來才知道並沒有能讓人許三個願望的精靈，但是真的有怪物，或者應該說曾經有，他也將會看見並生活在被怪物摧殘後部分殘留下來的建築。

關於菲律賓，男孩還有許許多多問題想問，但魯本還有很多其他的工作要做，其中之一就是照顧、看護男孩的母親。要替她清桶子，要拿溼布讓她蓋額頭，還要強迫她盡可能地喝水，以免嚴重脫水，因為她吐個不停。

在男孩隔離期間，魯本曾兩次來到他的房間，一臉窘迫又苦惱地說：「現在要馬上清房間，雷格茲船長要來檢查。」他和男孩一起動手，並督促男孩整理床鋪，將漫畫書整齊疊放在床尾，接著兩人一起用他帶來的溼抹布擦拭房間裡的所有平面。工作完成後，他立正站在門邊，也叫男孩學他這樣站。雷格茲進來以後很快地四下看了看，然後用戴著白手套的手擦了下床鋪邊的一處平面，看見手指上有灰塵，便搖了搖頭離開。

男孩本來想問雷格茲自己還得在這個房間待多久，想問他船已經走了多遠，什麼時候才會到馬尼拉，結果一個字也沒說出口。他轉頭對魯本說：「他的手指弄髒了，我們會不會有麻煩？」

魯本搖搖頭。「他總會挑到一點毛病，他非找到不可，不然就不是船長了，對吧？」

例行公事日復一日，到最後男孩不得不接受一個事實：日子恐怕會永遠這樣下去。早上魯本用鐵盤端來食物（蛋粉炒蛋、奶油玉米和白麵包），接下來如果還有時間，他又不介意的話，就會邊用酒精棉花替男孩擦傷口邊和他聊天。然後男孩會看漫畫看一整天，不然就想想魯本口中的菲律賓群島。當天稍晚會送來第二盤食物，通常是炒肝、速溶馬鈴薯泥、兩片沒有塗奶油的白麵包、一些難吃得要命的脫水四季豆加湯湯水水的腰豆，另外那些想見他母親的男人也會送巧克力棒給他當甜點。有兩次，魯本拿來一罐布滿豬油的豬肉餅，和一罐叫做磅蛋糕的東西當點心，那些罐頭外觀都是橄欖綠色。男孩實在太難得吃到油脂，所以冷豬肉和豬油讓他吃得津津有味，磅蛋糕也的確是人間美味。很甜，而且出奇新鮮，想想看，那些罐頭可都是吃剩的軍隊口糧。

男孩已經接受這種情形會永遠持續的事實，不然至少也會持續到抵達馬尼拉為止。到了第十或第十一天（他不確定時間），魯本匆匆跑進他的房間說：「快來，

有飛機要下來了。」

這根本沒道理。男孩問：「什麼飛機？」

魯本不理他的提問。「快來，我得去幫忙。請你跟我來，去找你媽媽，讓她照顧你。」

無須等魯本說第二遍，男孩立刻跟著他跑出去，身上穿著短褲和舊T恤。他們近乎是邁開大步跑過看似無窮無盡的白色鋼鐵隧道，接著爬上一道金屬梯，穿過一扇邊門，忽然間就來到戶外的側面甲板上。

一開始，光線亮到讓人睜不開眼，幾乎和他剛進到小艙房時一樣糟。他閉上眼睛，擦去被光線刺激到猛然流出的眼淚，睜開眼睛，又重新閉上，最後才終於能一直張著眼。

眼前只見一整片藍。

男孩從未見過海洋，不太知道會是什麼樣子，如今眼前所見，腦子裡只能想到一個字：「藍」。這感覺就好像他和魯本和整艘船，好像他的整個世界，都位在一個鮮豔得驚人的藍色碗缽底部，而碗的邊緣直伸向天空。

藍。

還有平靜。海面平靜得就好像是用尺畫出來的一樣。船已經停了下來，男孩看見有人從船舷用繩索放下一艘大救生艇，直到整艘救生艇漂浮在水上。救生艇上有幾個人，他們發動了位在中央的引擎，另外還有一些人打開一座移動式梯子，架在船身外面。正當男孩往船頭望去，看見母親站在那裡、虛弱地斜靠在主艙房牆邊時，同時也聽見了飛機引擎的聲音。

飛機從船上方飛過，距離相當近，近得男孩可以清楚看到鉚釘和其他標誌，它繞行了兩圈，機身隨之微微下降。這架飛機有四顆引擎，機翼上有數字，機翼底部則漆有象徵美國的記號：一個圓圈中央有一顆星。除此之外，整架飛機都是閃亮的鋁色，看起來乾乾淨淨。事後他得知這是一種被稱為C－54的軍用運輸機，而且事實上他後來在菲律賓還看到很多同款的飛機。但眼下他唯一能想到的，就是飛機看起來好巨大，引擎發出的聲響好刺耳（他一開始就聽見了，卻沒認真細聽），還看見其中一顆引擎留下一道細細的黃黑色煙霧。

他從頭到尾都一個人。母親留在原地，幾乎連站都站不住，魯本則去幫忙其他人準備……

準備什麼？男孩暗忖。飛機真的要降落在這附近的海面上嗎？

然後呢？

讓乘客下飛機？他們打算這麼做嗎？為什麼要放下救生艇？

飛機不會沉下去嗎？

在那之後發生的一切，無論在男孩看來或感覺起來都完全不合理。

飛機又繞一圈回來飛越船的上方，然後引擎的聲音變低，變得更斷斷續續。飛機往下滑翔時是那麼輕緩平穩，讓男孩不由得心想：它可以做到，它會順利地降落在水上，就好像水面上有跑道一樣。

可惜不然。

海洋看似非常平坦、寧靜，其實還是有一點小波浪，當飛機終於降落時（飛機好像掛在空中一樣，怎麼樣都不下來），機身並未在觸碰到海面的瞬間保持平衡。右側機翼末端先撞到水面，然後深深陷入水下，彷彿勾住般將整架飛機使勁地往右邊扭轉，但是這股力道太大了，無法承受的機身隨即從機翼後方斷裂並解體為兩半，同時後側機身立刻開始下沉。

直到此時，男孩才看見飛機上滿滿都是人，大部分是婦女和小孩，他們有如一陣爆發的人雨，紛紛落在即將沉沒的飛機四周的水裡。

救生艇已載著上頭的那群人盡速趕過去救援，但此時仍相隔好大一段距離，而且看起來移動得十分緩慢。

太慢了。

飛機降落處與船相距約四百公尺，近到男孩可以看見水裡的人穿著亮黃色充氣救生衣，直立漂浮著。機頭也在往下沉，但速度慢得多，有幾個大人和小孩試圖爬回剛好平貼水面或是微微沒入水下的機翼上。

男孩原本在船的另一頭，與飛機降落處相隔遙遠，但他從一道出入口穿越整艘船，最後來到從船舷往外傾斜的欄杆邊。從這裡可以看得稍微清楚些，還能聽到眾人在大聲呼喊，試著幫助彼此。

男孩旁觀時，看見了，或者其實應該說是感覺到，船附近的水裡有動靜。他定睛一瞧，看見一些巨大的灰色形體從船尾急速游向飛機方向，感覺上幾乎就在剎那間，水裡的人開始尖叫，在水面上劇烈翻滾扭動，有些人猛然抖動後沒入水中，重新浮起後又被拉扯下去。

「是鯊魚。」離男孩不遠處，有一名軍人正站在欄杆旁看著這一切。「那群惡魔跟在船後面找垃圾，現在牠們找上女人和小孩了……」

從那一刻起，景象變得近似噩夢，但男孩就是無法將目光轉開。他對鯊魚一無所知，也不知道數量有多少，但是當救生艇抵達沉沒中的飛機旁，救生人員也開始將落水的人拉上小艇時，男孩仍可看見鯊魚並未放棄。在救生人員拉著婦女與小孩的上半身好讓他們脫險之際，鯊魚依然在攻擊他們的腿腳。每個人好像都在尖叫——只要一遭受攻擊，他們就會發出撕心裂肺的淒厲叫聲。而儘管男孩隔著一段距離，依然看得見船附近水中的紅色血沫。

經過一段看似漫無止境的時間後，救生人員終於將沒被拖下水的人全部救起，回到船邊，並開始將婦孺從救生艇一一舉抱上船。

登船梯在離飛機較遠的那一側（此時飛機已完全沉沒，消失無蹤），於是男孩又奔越整艘船，來到梯子頂端，正好即時看到第一位倖存者被抱上船來。

好多的血，多到不可思議。血混著海水，遍布在抱著傷患的船員全身，滴落在甲板上。傷患本身也渾身是血，有些是女人，有些是小孩，多數都遭到鯊魚攻擊，脅邊、腿與手臂全是撕裂傷。男孩看見魯本也在那兒接人，而當船員把傷患抱進最上面的船艙時，他便試著做一些急救處理。

除此之外，男孩錯愕地發現母親似乎克服了暈船，此時已捲起袖子，正在幫忙魯本處理受傷的人，將繃帶緊緊纏到他們的手臂上止血。

他從來沒想過她有這一面，對於她能這麼做，能幫助這些真的受傷得非常嚴重的人，他覺得很驕傲。他自己呢，一看到有個男孩的肚子綻裂開來，就立刻把身子探出船舷，或者應該說盡可能地探出去，吐了起來。但瞧瞧她，好像做這件事已經做了一輩子。她隨著魯本進到大大的主艙房，將受傷的民眾放置在甲板上和椅子上，輕聲細語，和他們一個一個地說話。輕輕柔柔地。男孩注視之際，看見她替一名婦人撥開臉上的頭髮，溫柔地不知說了什麼。男孩十分確定，婦人在上胸被撕咬開來的那一刻就死了，傷口是那麼地大且深，所以他看得出來……所以他看得出來。

到最後，他再也無法承受了。

他走到外面的甲板上，試著不去看，也不想再看到這種情景。他發現船員正在沖洗甲板上的血水，便走向船尾。船又再度啟航，他低下頭看見水裡有灰影跟在船後面，他努力地不想去看，卻還是看了。他還是看了。

然後他默默坐在甲板上，背靠著鋼鐵外殼被晒得溫熱的桅杆，呆呆眺望大海，盡量不去想自己所看到、聽到、聞到的一切。濃烈刺鼻的血腥味與血跡斑斑的吶喊與鹹水。大海。藍色。巨大的藍與閃耀的飛機與鯊魚。灰色的死亡。

新的念頭。在腦子被恐懼填滿前，快想些新的、好的念頭……

愛蒂和西格。不知道他們現在在做什麼，幾個星期前他還在那裡，還在那個一切都美麗又合理的美好地方，怎麼現在會忽然跑到這裡來？

這裡。

怎麼可能呢？

那麼多人被撕咬成碎片，又是血又是內臟又是尖叫，還有他母親，他母親，他母親……

他在溫暖的甲板上蜷曲起身子，閉上眼睛睡著了。

馬尼拉

說也奇怪，男孩一點也不覺得馬尼拉有什麼不對勁。日軍占領期間，這座城市幾乎全毀，建築物往往真的只剩下空殼，到處都被炸得面目全非、四分五裂，而且燒得焦黑……

可是……

可是男孩卻愛上了這裡。

他們的船在檀香山短暫停留，讓空難倖存者下船，老天保佑，那些人還得搭上另一班飛機，越過同一片海洋返回美國。

隨後船又停靠其他幾個島，卸下些許軍用物資，但男孩幾乎沒有注意到停船。遭遇飛機失事後，他只有睡覺才會回房間。事實上，也不一定總是如此，而是經常在甲板上到處睡，成了個野孩子，想睡的時候就睡，餓了就吃東西。魯本還帶他到船上的廚房，介紹他給廚師認識。廚師也是菲律賓人，塊頭很大，也很喜歡男孩，每當男孩想吃東西，廚師就會給他一個圓形小麵包或是三明治，又或是一碗飯再倒上罐頭沙丁魚。

中央大貨艙基本上都會上門封死，但船上的其他地方男孩都跑遍了，在接下來兩個星期的旅程中，還真沒有哪個地方他沒看過，不過，除了很快瞄一眼之外，他並未真正待過駕駛艙。雷格茲船長大半時間都在那裡，而且似乎不想費太多心力照顧或認識男孩。

然而，整艘船的其他地方對男孩來說就像遊樂場，到處都有隱密的角落。

一旦不再幫忙照顧飛機失事的倖存者，母親立刻又開始暈船，男孩則收集了大量的漫畫書和糖果，只不過巧克力棒都得盡快吃掉，不然老是會因為天氣太熱而融化，花生棒就好像比較耐放。他在船尾附近找到了一個舒適角落，可以坐在那裡吃糖果棒、看漫畫。

他完全沒有往船尾底下看。鯊魚群在水中游曳尾隨，他要是看了，不免又會想起那一條條灰影如何在水中衝向人群。

所以不回頭看。

不過大海似乎征服了他。他深愛海的顏色，也喜歡海在他面前湧升的姿態，大海吸引著他、誘惑著他，讓他從無一刻感到無聊。他可以坐在那裡不停地看著，一面思忖著海有多麼遼闊。事實上，某天一大早抵達馬尼拉時，他就是正坐著面海沉思。

天亮以前他去了廚房，廚師給他幾片塗了罐裝草莓果醬的吐司，他便到外面甲板上坐下來吃。當他抬起頭，忽然看見側面有一大片黑壓壓的土地不斷逼近。空氣中有一股令人暈眩的味道，一種近乎青綠的濃烈氣味，混合了植物、動物、霉味、熱氣與溼氣。他完全沒聽任何人說起他們已經接近哪個地方了，此時船卻慢得像龜爬，並轉向剛剛升起的曙光，緩緩駛向一個巨大碼頭，他可以看見碼頭背後有一座奇大無比的城市。

隨著太陽升得更高，光線變得更亮，男孩也看見更多事物。他看到大批人群，成千上萬的人好像趕著上哪去，讓他想起西格和愛蒂農場裡的蟻丘，當西格踢一下蟻丘頂端，螞蟻就會像這樣一湧而出。

真的到處都是人，而且似乎都在往船這邊移動。男孩跑到船舷邊以便靠近一點、看清楚一點。他看見一名軍人站在碼頭上，一手隨意地搭放在腰側托著一把湯普森衝鋒槍的槍管，槍托則靠在另一邊的腰側，而他的右手握著握把，食指則蓋在扳機護弓上。當他看到男孩時，衝鋒槍的槍管也慢慢往旁邊移動，直到正對著男孩的臉。男孩後來就會發現，不管這個人往哪邊看，槍管都會跟著動，他將那把槍牢牢握在手中，隨時瞄準。

一開始男孩以為那可能是他父親，但再仔細一看，便能看出此人與他在那張上色照片中看見的人毫無相似之處。這個人的臉比較瘦，方方正正，就男孩看來，他的眼神顯得……顯得十分冰冷。男孩正要轉身去找母親，母親卻驀地出現，一把抓住他的手臂，帶他從一扇小門底下鑽過去，走上船員已經跨放到碼頭上的舷梯。

「走吧！」她氣呼呼地尖聲說：「趕快離開這艘爛船，到乾燥陸地上去。」也不給男孩機會去向魯本道別，她就拖著他步下斜斜的舷梯，到了碼頭上才放開他，開始慌慌張張地在萬頭攢動的人群中張望著。

拿著衝鋒槍的男人走上前來，目光與槍管在男孩母親身上上下移動，然後放低轉向男孩。衝鋒槍的槍管看起來像個洞穴。

「我是克萊默中士。」軍人說：「你先生有任務，走不開。我負責來接你們，帶你們到營區去。」

聲音冷冰冰，平板單調。不知怎地，那聲音彷彿來自黑夜，彷彿不完全來自於他，也並非出自他口中，而是從他周圍散發出來的。「我負責來接你們……」這句話不是要求，而是命令，他一說完隨即轉身，用男孩聽不懂的語言，快速而嚴厲地對他身後一個菲律賓男人說了幾句話，然後又轉向男孩母親，槍管對著她的臉。「他會去拿你們的行李。」

「他怎麼知道……」

「他會知道。往這邊，有吉普車在等著。」

接著他轉身就走，而母親又再次抓住男孩手臂尾隨在後。克萊默走得好快，他們幾乎要用跑的才能跟上，最後好不容易才擠過人群來到碼頭最前端，男孩看見那裡停了一輛橄欖綠的吉普車。他爬上吉普車後座，母親則坐上副駕駛座，至於那個菲律賓男人拿來的兩個行李箱，就塞在男孩旁邊的座位上。那人並未試圖上車，在轉身後似乎便消失在人海中，克萊默則發動引擎，吉普車即刻飛也似的上路。

真的像用飛的。

克萊默開車彷彿只有一檔車速，而且車子敞開著，沒有車門，連個類似安全帶的東西都沒有，讓男孩與母親幾乎就要被甩出車外。

「路上有彈坑，」克萊默說：「坐穩了。最好是快速衝過去，不然會陷得太深……」

他們好像正穿越過市區中心，而到最後克萊默仍不得不放慢車速穿過人潮，因此男孩可以看見一些途中景象。

從許多方面看來這裡都像廢墟。炸彈、大砲與迫擊砲把所有東西炸得四分五裂，看不到任何一棟完好挺立的建築。有一棟古老華麗的西班牙建築，男孩猜想應該是教堂，中央被炸出一個大圓洞（直徑八成有十二米長），可以直接透視整棟建物。

就好像有個瘋子企圖傷害一整座城市。

而且成功了。傷害、損傷已經造成。

可是男孩也看到另外一面。當吉普車從人群中駛過，他看見的男人多半穿著短褲和寬鬆的白色或卡其色襯衫，女人要不是穿緊身裙，就是寬鬆圍裹的裙子與上衣。雖然有些人大吼大叫或做出粗魯手勢，抗議克萊默的危險駕駛，但好像幾乎每個人都會對男孩微笑招手，似乎每個人都感到喜樂滿足，儘管他們身處在家鄉的廢墟之中。

這份喜樂滿足讓男孩頓時想到愛蒂，想到他初抵農場、（自以為）面對鵝群威脅時，她來到車道上迎接他。他想到當自己認出她時所感受到的幸福。

而這裡，這裡也是一樣。這裡讓人有受到款待、歡欣喜悅、被認同與了解的感覺，也讓男孩立刻對這個地方有了歸屬感。

這裡適合他，屬於他。除了魯本在船上經常告訴他的事情以外，他不可能對這座城市有任何認識。但他受過傷、受過驚嚇，在某些方面就和這座城市受的傷一樣，而此刻他們在微笑，在招手，在呼喊他、歡迎他。

就好像他屬於這裡。

屬於馬尼拉。

他只知道一件事。

只有一件事是肯定的。

他想看看更多地方，多了解這座城市，想知道這裡的人怎能擁有與愛蒂如此相似的喜樂滿足。

他一定要多認識馬尼拉。

街頭老鼠

但首先要……

男孩至今的整個人生似乎就是那一連串「但首先要」組成的。在做這個之前，必須先做那個。在他橫越大海之前，不知為何就是得先熬過水痘。在他看見愛蒂與西格之前，就是得先在芝加哥的酒吧唱歌，幫母親邂逅不是他叔叔的男人。

而現在，他得先與父親見面。

結果他發現這件事就算不完全沒有意義，也只能說很無聊。

克萊默駕著吉普車駛過一道軍區柵門，載他們來到新家，屋裡到處都是紗網，沒有窗戶，唯一一件有趣的事，就是天花板上全是小壁虎，把母親嚇壞了。她見一隻掃一隻，打算趕盡殺絕，但是有一位名叫瑪麗亞的女傭告訴她不能殺，因為壁虎會帶來好運，還會吃蚊子。這屋裡好像有兩個傭人，除了瑪麗亞還有一個年輕男子叫隆姆。父親喊他們丫頭和小弟，男孩覺得沒道理，因為瑪麗亞和隆姆都是大人，不是小孩。瑪麗亞留著一頭黑長髮披散在背，身形瘦小纖細，讓她顯得十分嬌小，然而其實她和隆姆差不多高。她有一雙大大的褐色眼睛，老是穿著花卉圖案的圍裙和看起來皺巴巴卻又非常乾淨的白色襯衫。男孩後來得知她有一個孩子，有時候會帶著來上工，隆姆則住在馬尼拉市中心一棟用彈藥木箱搭建、以鐵皮蓋頂，搖搖欲墜的小屋裡。

家裡除了壁虎和傭人之外，還有藤製家具、一個小廚房和一塊寫滿日文的地墊。日軍占領菲律賓群島時，搶走了所有房屋，還有其他的一切。

就在男孩坐在一張藤椅上看漫畫時（他那堆漫畫書竟然跟著行李箱送來了），他父親走了進來。

他身材高大，比男孩印象中的影中人更瘦，身上的制服漿得硬梆梆，好像可以把他整個人撐得直挺。

他瞄了男孩一眼，讓男孩不由得心想：雷格茲船長。

只是單純瞄一眼，沒有碰觸，沒有擁抱，連一丁點親近的意思也沒有，甚至沒有笑容。這男孩說不定是別人的小孩——父親終其一生都懷抱著這個疑問。父親看了一下，轉過頭，命令（不是請，是命令）瑪麗亞拿酒來。

母親也喝了一杯。

就這樣。男孩心中暗道，歡迎回家。

接著又喝了更多。

最後他們喝醉酒爭吵起來，為了其他男人和其他女人互相咆哮，母親朝父親丟擲盤子和菸灰缸，男孩縮在凹室（這是為他準備的房間）的床上，盡量不去細聽。他不想聽、不想知道，並且不願也不能想像他們會在這裡待上將近三年。而男孩在家的每個晚上（到後來他經常不在家過夜），他們都會是這樣。

一杯。

兩杯。

然後繼續喝。

然後吵架。

這一切實在令人不忍卒睹，怎麼可能做這種事？像他們這樣？第一天晚上就大吼大叫、醉酒爭吵，然後繼續又繼續……

這裡沒有喜樂。

瑪麗亞和隆姆看見家裡的情形，很同情男孩。隆姆告訴男孩，瑪麗亞自己也受過傷，飽受日本人虐待，但她仍盡其所能幫助男孩，為他多煮一點糯米飯，還開了一罐沙丁魚罐頭，在飯上淋了特別的鹹醬汁。

沙丁魚油滋滋地、密密匝匝地塞在有密封蓋的小罐頭裡，男孩第一次打開罐頭時，那味道就像，該怎麼說呢，就像罐頭沙丁魚。有魚鰭、有內臟，一應俱全。

隆姆在城裡有家庭，有許多小孩，男孩始終不太清楚到底有幾個，人數老是變來變去，因為只要有街頭流浪兒出現在他家門口，隆姆就會餵養他們，不過他好像從來不會沒空幫助男孩。隆姆有一輛老舊的日軍胖胎腳踏車，後面有一個堅固的架子可以讓男孩坐上去，只要男孩想去哪裡，隆姆就會讓他跨坐在車後的架子上，載著他出發。隆姆會用布滿一條條肌肉的細長手臂掌控前進方向，騎過一條又一條街道。

最初，他們多半都待在男孩居住的住宅區內，這片區域四周圍著高高的鐵絲網，還設有警戒塔，簡直就像監獄。事實上，這片住宅區位在一個範圍大上許多、綿延數公里長的美軍基地邊緣。那裡有個臨時跑道，經常有飛機起降，包括C－47和C－54運輸機、野馬式與雷霆式戰鬥機等等，男孩總愛待在跑道盡頭附近觀看，傾聽那轟隆聲響。

不過，一發現男孩的父母顯然不太關心他的死活，隆姆便開始帶他進城回他的住處，男孩這才發現他家是用彈藥箱木頭和波浪鐵皮蓋成的，而且就位在那棟正中央被炸出一個洞的華麗建築一條街外。

城裡戰火頻仍之際，隆姆的太太在一次爆炸中身亡，留下他獨自一人照顧自己的孩子，而且因為他是繼愛蒂與西格之後男孩所見過最和善的人，他還會隨時準備一大鍋飯給街頭孤兒吃。除了飯以外，他會在上頭加上一些殘羹剩菜和蔬菜，那是他每星期去一次食堂帶回來的，另外還有看似數以百計的橄欖綠色沙丁魚罐頭。當男孩問道沙丁魚是從哪來的，隆姆只是聳聳肩，淡淡一笑，說是他向一些替其他美國人工作的朋友和鄰居「借來」的。男孩慢慢地喜歡上、甚至於愛上了沙丁魚和糯米飯，每次都是用紙板或報紙裝來吃，而且終其一生都很享受那滋味。

起初，男孩在城裡的時間大多和隆姆在一起，待在他身邊，有時會幫忙煮飯。但後來熟悉環境以後，他就開始一個人出遊，去探索廢墟，去感覺那個地方的噪音、氣味與真實生活。

隨著月復一月過去，這裡即使稱不上是遊戲場，也變成了男孩的另一個家。不出多久，男孩在不知不覺中也穿起短褲、不完全是白色的破舊T恤和網球鞋，蹲在一棟被炸毀的建築物旁，用手吃飯配沙丁魚。

並且心裡感覺到一絲喜樂滿足。

只不過。

只不過他會發現馬尼拉有許多面。

白天的馬尼拉，人人面帶微笑揮手招呼，從他身旁經過時，還會伸手搔弄他。

另外還有夜晚的馬尼拉。

男孩到達菲律賓後一個月左右（當時他還不曾真正跟著隆姆進城），就開始在夜裡聽到有重機槍連發的聲響。一開始，他不太確定那是什麼聲音，只知道聲音很密集，溼答答的，就好像有人拿鐵槌快速地敲擊一塊浮在水上的扁平板子，通常會是連續的短爆聲，八聲、十聲的低沉爆破，然後暫停片刻，接著再次爆發。當男孩向隆姆問起這些聲響，隆姆只是聳聳肩（這是他回答許多問題的方式），說了一些關於夜人的事情，他們是住在森林裡的游擊隊員，戰爭期間會攻擊日本占領軍，是英勇的反抗戰士，現在則是對抗新的占領者：美國人。

「他們希望改變一些事情。」隆姆說。

「什麼事情？」男孩問道。

「所有的事情。」隆姆哀傷地說。

夜人。

有一天晚上，一個漫漫長夜裡，在三更半夜父母酒醉睡死之際，男孩被低沉的機槍聲吵醒，決定出去看個究竟。獨立的住宅區很靠近基地邊界，他走到門廊上就可以看見探照燈掃來掃去，也能聽到槍聲，此外卻看不見更多。

得再靠近一點。

還要再近。

他來到街上，經過一條街，又經過一條街，接著再一條街，然後……

他看見了。

燈光掃射過邊界圍籬，而有人正試圖爬過那裡。探照燈的銀白光束會照見他們、鎖定他們，接著機關槍便答答答狂射，將他們射落圍籬。

那些人血肉模糊地落下。儘管隔著一段距離，男孩仍可看見曳光彈的紅光射穿那些人的身體。後來他聽說每五顆子彈才有一顆曳光彈，而那些人不只是被曳光彈，而是被所有子彈打中，身體迸裂出一片血霧，變得人不像人。

不像人。

那些夜人。

幾乎每天晚上，男孩都會聽見槍聲。有時候離得較遠，在基地邊界的其他地方，他就算去到外面也看不見。

但是他並沒有那麼做。

沒有再出去看一遍。

他不想再看一遍。就像紅色海水裡的鯊魚，他再也不想看到了。

第二天早上，隆姆騎著日軍腳踏車來接他，他們經過前一晚的交鋒現場，屍體還在，有十來具，還有二十幾隻色彩繽紛的母雞在啄食屍體。男孩拍拍隆姆的背，問道：

「有雞？」

隆姆點點頭卻未轉頭。「因為鬥雞的關係，得要有母雞來孵出公雞。有些很兇猛，還有一些更兇猛，沒多久就有兇猛的母雞了。」

「可是怎麼會在這裡？」

「來爬圍籬的人有時候口袋裡會有飯糰，雞是來吃飯糰的。」

「牠們不怕槍嗎？」

「牠們餓了，是來吃飯糰的。」隆姆重複說道：「有時候也會吃其他柔軟的部位……」

這他非問不可。「什麼意思，其他柔軟的部位？」

隆姆聳聳肩。「眼睛啊，還有其他被子彈射中裂開的部位，不過主要還是飯糰和眼睛。」

「真的嗎？」男孩盡可能不去想像雞如何啄出死人的眼睛，卻無法……完全……扼殺……腦中的……畫面……「是真的嗎？」

又是聳肩。「夜人嘛。」好像這便足以解釋一切。「他們是夜人，你年紀還小，不需要去想他們……」

夜人。

不要去想。

但他就是想了。

而且他很快就不再年紀小。

馬尼拉到了夜裡總是一片漆黑，因為日本人在戰時毀了發電廠。美國人將一艘日本潛艇拖到碼頭來充當電源，但是產生的電力有限，因此直到電廠得以重建之前，馬尼拉多數地區都處於黑暗中。

有蠟燭。

到處可見些許燈籠。

但依然黑暗。

其中有移動的黑影與夜人。

在這之後，男孩的某一部分，他心靈的某一部分，變厚、變硬了，像皮革一樣。

他不會也不能再次變得年輕。

永遠不會。

第四部

十三歲

安全的地方

因為那裡安全。

圖書館裡。

安全的地方只有三處。一是圖書館，一是在夜色變得漆黑後移動於巷弄內，而最安全的則是森林。

可是在城裡，如果非進城不可，那圖書館便是首選。那是最好的。只有當你必須移動，而且是不斷地移動時，才選擇巷弄。那是第二好的。可是在森林裡，感覺到林木將你團團圍住，緊貼在你背後，猶如裹上一層層柔軟毛毯，這比前二者都更好。森林是上上之選。

不是家，絕對不是家。因為有「他們」在。那其實稱不上家，而是一間髒兮兮的公寓，是他心目中某種黑暗、潮溼、醜陋的巢穴……是什麼巢穴他也說不上來。年齡稍長後，當無意間回想起往事，當無法將回憶留在黑暗角落時，他會想到「毒蛇」二字。會彎曲滑行的毒蛇和牠們的暗溼巢穴。他們總是酒醉且暴躁——喝醉的毒蛇，即使在咆哮吵鬧後昏厥過去，像死去一般地昏厥時（從來沒這麼幸運，他們真的有可能會死，但從來沒這麼幸運），即使當他們不省人事，沉入極深的深淵中時，仍然不是真正的安全。

萬一他們醒來怎麼辦？結果逮到你安靜無聲、躡手躡腳地在房裡走動，像黑暗中的陰影似的在翻找食物，在拿他們皮包和褲袋裡的錢。萬一他們醒來逮到了你，然後會怎樣？

不安全。

事到如今，他已經十三歲，剛好十三歲，頭一次十三歲，也是他這輩子唯一一次的十三歲。如今一切已然不同，要作新的試探，首先得要確保安全。一定要更安全才行。

現在的他年紀已經大到可以逃家，逃家以後還能堅持下去。以前他也逃家過，兩次，逃入廣漠的西部——不對，是**大西部**。逃入草原中，搭便車進入北達科他州那巨大、美妙、令人迷失的空間，在農場上找到工作。每天兩、三塊錢的工資，農場主人並未多問何以一個如此年輕的男孩會隻身一人。他低頭看向地上，一面撒著瞞天大謊，一面抽著鼻子，好像孤單得想哭的模樣。他謊稱自己是孤兒，母親死於車禍，父親在跟德國人打仗時喪命，用這瞞天大謊、懷抱希望的謊言，讓他人不抱持疑問。每天兩三塊錢，外加號稱燉肉的湯湯水水的食物，裡頭有幾塊又軟又滑的肉，但聞起來好像都不是以前吃過的肉。每天兩次，坐在長木椅上，就著派餅盤吃那湯湯水水的東西，餅盤還用鍍鋅的屋頂釘從正中央釘死在木板桌上。另外有一支彎折的金屬湯匙、兩片乾巴巴的麵包和喝起來沙沙的、有硫磺味的水。即使如此也沒關係，總比待在家那邊好。他鋪了麻布袋，睡在倉房或農具庫裡，直到某個人、某個鄰居、某個好事者告訴了另一個人，此人又告訴另一人，最後傳到郡保安官耳裡。

他們說他逃跑，好像他逃獄了一樣。他被拘留（他們說不是逮捕，是拘留），接著被教會一個幫倒忙的善心志工送回家。那人是個大塊頭，兩頰紅潤，他說男孩應該努力找到自己人生中的主耶穌。開著一輛舊道奇行駛三個小時後，他讓男孩在自己家門前下車，而男孩知道那個家裡從未住過耶穌。男孩就像被送回狼群中的羊，被送回到耶穌從未住過或甚至到訪過的地方。他暗忖，說不定耶穌有時候會在圖書館裡。

那裡是安全的。家裡肯定不安全，從來就不安全。反正他走了，父母也不知道，等他們終於想到要處罰他亂跑、處罰他逃家——不對，是**逃命**，那時他早就已經進到林子裡了。父親說他一無是處，對他惡言惡語，罵他廢物，而這個男人會喝醉到尿溼了褲子都毫無自覺。他會拿著紙袋裝著的一瓶酒，從酒類專賣店走回來，自己的褲管溼了都不知道。而且這是在大白天，當著上帝與所有人，很可能還有耶穌的面，他尿溼了褲子竟毫無知覺。

但他卻罵男孩是沒用的小孩。

是啊。

這個沒用的小孩從沒尿過褲子，還聰明到能在他們發現以前偷溜出門，獨自前往森林。

頭也不回。

安安全全。

他逃跑了兩次，第二次幾乎是同樣命運，只不過這次他搭便車跑到更遠的西部，也就是大西部，還學會駕駛兩噸重的穀物卡車和巨大的法莫M型柴油曳引機。坐上卡車時，他得在屁股底下墊一本西爾斯百貨的舊目錄，才能越過方向盤看見前方；操縱落地式排檔桿時，則必須同時用兩腳踩著離合器，用兩手握住排檔桿頂端的把手。往左後方扳是低速，往右上方是二速，直接往後拉是高速，但他把它搞定了，好樣的。這是農夫說的：「你把它搞定了，好樣的。」這是真的。好的讚美，讓他自覺成熟了些，雖然未滿十三歲，他卻覺得自己好像更年長也更有擔當了。或者該說感覺上旁人是這樣看待他的，認為他擁有比十三歲更寬闊、更成熟的肩膀。

他在田裡開著兩噸重的穀物大卡車，那田地一望無際，上千公頃綿延不斷，彷彿連上了天。開著卡車的男孩看著農夫駕駛聯合收割機，一等收割機的穀斗滿了，他便將卡車開到穀斗的螺旋管噴卸口下方，接著穀物就會從噴口射入卡車後車斗。十五公分粗的穀物流，彷彿有生命似的流動著，像是鮮豔澄黃、活生生的黃金般充滿了卡車。收割機落下的穀殼和灰塵，濃密地吹入他的眼睛鼻子，那灰塵就有如許多細針，讓他又是打噴嚏又是吐口水，還扎得他發癢。但那終究是值得一看的奇景，值得你把手伸進去感覺穀物的傾瀉。那依然是個奇景。

卡車裝滿後，男孩要沿著一條塵土飛揚的路，將卡車開到六．五公里外的小鎮，去把穀物卸入圓筒穀倉，好讓這些穀物之後經由穀倉旁的鐵路運出去。第一次是農夫自己開車，但之後他就讓男孩獨自行動，他自己則留下來繼續收割，因為雖然天氣不錯，但誰也不知道接下來會怎樣。誰也不知道天氣何時會轉壞。有可能突然下雨毀了麥子，也可能颳起強風將穀粒吹落，讓收割機無法收割。這誰都不知道，所以能做就要繼續做。於是男孩開著卡車經由泥土路進入小鎮，來到圓筒穀倉旁的格柵，將後方車斗的穀物從格柵傾倒進去，傾倒時要升起傾卸式車斗好讓穀物流瀉。然後他降下車斗，開著空車回到田裡，正好趕上開收割機的農夫又有滿滿一穀斗要傾倒。

一天結束時，男孩已經累到頭暈目眩，走路或是咀嚼食物都十分困難，甚至想不起在家的時候有多慘。對，在家的時候。精疲力盡的他爬上卡車座位，就直接睡在那裡，睡在那粗糙的座椅上，而不是農具庫的布袋床鋪上。好累，真的好累。

但他把它搞定了。

好樣的。

駕駛曳引機比較簡單，但從某些方面來說也比較困難。當穀物收成後，必須用雙刃犁來犁地，這種犁會切入土中，將黑色土壤翻捲成像蛋糕捲一樣。田地是長形的，面積八十到一百二十公頃，大約八百公尺長。農夫先跑第一趟，開出筆直的犁溝，開過去再回來便有兩條溝，一條在中央，一條在旁邊，隨後由男孩接手。他就這麼開著曳引機，循著犁溝直到盡頭，花半個小時坐在大大的M型法莫上拉著犁往前行，一面揮趕數以百計的海鷗，牠們全是飛來吃被翻出土的蚯蚓的。海鷗群弄得到處都是海鷗糞便，曳引機上、男孩全身上下、犁刀上全部都是，然而位在他面前的熾熱消音器情況更糟，因此消音器冒出的濃密藍綠色煙氣有如一陣熱霧往後吹向他時，便帶著燒焦、近乎黏稠的糞便味道，充斥在他嘴鼻眼耳的四周與內部。燒焦的鳥糞味，他知道，他**知道**，自己直到生命最後一刻都會聞到、嚐到這個味道。

到達田地另一端時，海鷗的侵擾總算暫時告一段落。他拉動牽引繩將犁拉高，讓曳引機繞一大圈向後轉，準備沿第二條犁溝往回走，接著放下犁刀、在駕駛座上坐好，再一次讓海鷗糞便覆遍全身。

但時間不長，時間不長。因為有一天，他回頭望向田地另一端時，看見農夫站在一輛警車旁，便自知逃避不了了。他有想到要逃跑，但知道行不通。於是同樣的情形再次發生。

他又被拘留了。農夫多付給他二十塊錢，郡警帶著他前往九十公里外的一個小鎮，替他買了漢堡和巧克力麥芽飲料，然後將他交給另一個教會志工。男孩不禁納悶，怎麼好像不管他到哪裡都會出現志工，他們肯定是專門收錢來帶他回去的吧，不過這次這個有點不同。他高高瘦瘦，開車時抽菸抽個不停，一根接著一根，任由菸灰掉落在前面，而且不談耶穌，絕口不提。真的就只是開車。他開著四九年的福特，一路保持九十公里的時速，到了男孩家讓男孩下車後，他便掉轉車頭，在一陣濛濛的藍灰色香菸霧氣中駛離。從頭到尾一聲未吭。

回來了。

但當時已近傍晚，他們兩人都喝得醉茫茫，正醉茫茫地爭吵著，醉得像一灘爛泥，根本不知道兒子回來。於是他轉身走開，離開他們和那棟外觀陰森的公寓。那棟公寓活像一座監獄，也像一九四六年，他七歲生活在馬尼拉街頭時所看見的，日本軍人殺害平民百姓留下的死刑牆。那些石頭牆上有血漬，是婦人和幼童排排站立，被火焰噴射器殺死後留下的。而那棟公寓發出的光，就好像是建築物自己製造出來的，一種黃到變質、有如嘔吐物顏色、彷彿還飄著惡臭的光線。不祥的血漬，不祥的光線，不祥的氣味。

他要遠離這些。

肚子裡的食物尚未消化完，還有漢堡和巧克力麥芽飲料留下的滋味與感覺，而且現在還只是日暮時分，天還沒黑，只是即將轉為漆黑的淡灰天色。他只須貼著建築物側面躲在陰影中，不讓人看見就行了。於是他沿著小巷走，穿過一處接著一處的陰影，最後溜進圖書館去想想接下來該怎麼辦。

安全的地方。

計畫

所以說男孩十三歲了。

他全心全意準備好要逃跑。

必須要逃跑。在他心中與腦子裡都能感覺得到，他必須要逃到天涯海角、地底深淵，讓他們永遠找不到。他可以逃到某個地方找個工作做，什麼地方都好，只求個溫飽，隨處都能睡。記得以前一路搭便車往西走時，他曾經在一間關閉的修車廠旁，爬進放在架上的輪胎中間睡了一晚。輪胎粗糙的邊緣讓人感到又刺又痛，但已足以隔離開地面，讓他熟睡到作夢。他總能找到睡覺的地方，總能找到一點吃的和一個睡覺的地方。

他作了計畫，逃跑計畫。如今他已經十三歲，這次絕不會再被抓回來，他要徹底離開，永遠離開。夏天快到了，農場上應該會有工作，或者他偶爾會夢想著自己到更遠的西部（也就是大西部）的牧場上幹活，當個牛仔，騎馬趕牛。他能想見那個景象，想見自己變成牛仔，戴上帽子，穿上繡有圖樣的靴子，一雙黑色靴子上用紅線繡著老鷹。他會騎在馬上趕牛，馬的名字叫……他想不出來。在每一部電影裡面，羅伊．羅傑斯都有一匹名叫「扳機」的馬，金．奧崔騎的則是「冠軍」。就像他們那樣，他也會擁有自己的馬並替牠取名為……總之是某個名字。他會替馬想一個好名字，當個牛仔，放牧牛群，拯救……他也不知道要拯救什麼，但在顆粒粗大的黑白電影中，主角通常會拯救牧場或美女或小鎮，所以他也會這麼做。遠逃西部、大西部，當上牛仔，隨時隨地想騎馬就騎馬。

但首先要逃跑。這絕對是第一要務，要再次逃家。

只不過。

只不過他沒有這麼做。

他沒辦法。

沒辦法逃跑。

一開始他也不知道為什麼。要想逃跑，現在正是天時地利人和。學校放假了，夏天即將來臨——雖然學校對他來說沒那麼重要，他心中暗想。學校對別人有好處，對他卻不然。老師會說一些他應該聽的話，會交給他應該做的功課，可是他沒有聽也沒有念書，因為他必須思考其他事情。他在班上是那麼地格格不入，穿的衣服不對，髮型不對，額頭上長痘子。不對的家人，像沒有一樣的家人，把他重重打趴在地的家人，讓他在其他同學眼中成了怪胎。他應該去加入馬戲團，讓那些付兩毛半進表演帳篷來的人，看看這個始終無法融入的小孩。他來自一個糟糕的家庭，錯就錯在這裡。偶爾回想起來，他就會想到學校裡的每個人要不是沒注意到他，就是在嘲笑他。這些灰灰綠綠的念頭，宛如熾熱消音器吹來的海鷗大便，而他每次一想到學校，都只知道那些日子的自己是在噩夢中夢遊。

無論如何，夏天快到了，在北達科他州的農場或是更遠的西部（大西部）會有農活可做，他可以試著在牧場找到牛仔的工作。

他們甚至不會知道他走了，真的。他們會坐在威士忌與葡萄酒與啤酒的迷霧中，想都不會想到他。他們會以為他去河邊釣魚或是進樹林裡去。何必去掛念一個一無是處的小孩呢？他們其實不了解他。他在家裡差不多也像在學校一樣，像個陌生人。要頭也不回地離開，輕而易舉。

一個星期過去了，接著又一個星期，他過著他的正常生活，過著正常的日子。不，不是正常，是例行。就是這樣，在一成不變的例行生活中安頓下來。

他們一昏睡過去，他就去睡在那輛五一年的雪佛蘭雙門轎車後座。雖然有這輛車，他們卻從來不開，因為賣酒的店走路就能到。他平躺在猶如床墊的後座椅上假寐，因為萬一他們出來看到會很危險。雖然他們幾乎從不出門，但世事難料，世事難料啊。

又或者，假如他們還清醒著，他就會跑到舊公寓大樓底下幽暗的地下室，躲到燃煤暖氣爐後面，那裡有一張他在地下室某個角落發現後拖來的舊安樂椅，椅身破破爛爛，棉絮外露，彈簧絲突出來。儘管如此，那張椅子還是很舒服，柔軟而舒服，他可以安安穩穩地坐在上頭睡個好覺。冬天裡暖爐運轉，十分暖和，到了夏天暖爐關閉，靠在陰暗潮溼的地下室牆面又很涼爽。

在地下室角落一個舊木箱上有塊加熱板，電線往上連接到一顆裸露燈泡側面的插座，那燈泡是以炙熱燈絲點亮的。另外還有一個鍋子，和一臺一次可以烤一片麵包的老舊烤麵包機。烤麵包機側面的門會彈下來，讓麵包滑出以便翻面，然後要重新關上小門，讓發光熾熱的金屬絲烤麵包的另一面。

有幾天晚上，他會弄到一整條白吐司和一罐花生醬，然後坐在椅子上吃花生醬吐司。如果在他們昏睡過去後，他能在樓上找到有顆粒的，就能嚼到脆脆的花生，否則就只能吃滑順口感的花生醬。他喜歡吃有顆粒的花生醬，可以多嚼幾口。偶爾他會弄到一些鹹奶油，和花生醬混在一起，往麵包塗上厚厚一層，偶爾也會有葡萄果醬——這得用買的或是偷的，他不喜歡買，因為很貴，而順手牽羊的風險又很高，因為有可能當場被逮，而且不管買或偷，他都得在不安全的大白天裡出門到店裡去。他會吃塗了花生醬加葡萄果醬的吐司，吃到肚子非常撐，撐得自覺像隻吸飽了血的木蝨。要是能有一小罐牛奶配著喝，就再完美不過了，真的超級完美。

真的很餓的時候（好像幾乎隨時都是這樣），男孩可以吃掉整條麵包，只不過逼不得已時必須撕下幾片丟給老鼠吃，好讓牠們別來煩他。

他不擔心這裡的老鼠，牠們體型很小。當年他還小的時候，在遭受轟炸、面目全非的馬尼拉郊區看到的老鼠，體型可是十分巨大，看起來像小狗一樣。當時死去的日本軍人會被用推土機成群埋入洞中，聽說那些老鼠會吃這些屍體，所以才那麼大又那麼肥。男孩不確定這是真是假，不過他曾經有一次爬進一個小洞，看見了屍體、生鏽的步槍、腐爛的衣服和獰笑的骷髏頭，當下真心懊悔自己根本不該進那個洞。他是爬著進去的，出來的時候恐怕是飛也似的連滾帶爬，後來整整一個月，也可能更久，都睡不安穩。現在想到那些骷髏頭，心裡還是不舒服。他看過大老鼠，卻沒看過老鼠啃屍體，不過這不是不可能。世事難料。牠們是龐然大物，要是一窩蜂擁上，可能不必很久就會啃完一整具屍體。牠們夠大。

但這裡的老鼠小小的，一旦發覺男孩不具危險性，就接納他了，到最後還會趁他吃花生醬吐司時，直立起身子向他乞食。有一回，他坐在那裡看著老鼠乞食，心中暗想：我的家人，我的乞丐老鼠家人。他又想，好啊，有何不可？總好過他本來的家人。

除了加熱板和鍋子，他還拿了一個舊的板金炒鍋，握把上壓印了菱形圖樣，並刻印著「克里夫蘭製」的字樣。炒鍋有些生鏽，但他用鋼絲絨刷去鐵鏽與汙漬後，還是挺好用的。有時候他會用這個鍋子來料理一小塊肉，利用肉本身的油加入生馬鈴薯片拌炒，再撒點粗鹽。他會將白吐司對折後吸乾肉汁，然後放入口中慢慢咀嚼，緩慢而自在地咀嚼。光是想起就讓人忍不住流口水。

早上起床，如果他人在城裡，沒有進林子或到河的上游去，那他要不是在車上就是在地下室，吃著一片塗了花生醬的冷吐司。有一回在冬天裡，他趁他們倆醉到不省人事時上樓去，找到一罐醃牛肉，這是他自己無論如何都買不起的。方形罐頭，側面有個旋柄，用它捲起一圈金屬就能打開罐頭。他吃掉一整罐當早餐，並用手指抹起罐頭內側的油脂，將那滋味吸吮得乾乾淨淨。裡頭主要都是油脂和肉條，油脂入口即化，肉條則往下滑入胃裡。那是充滿回憶的食物，一如農夫在北達科他州的咖啡館請他吃的牛排，當時他們收完最後一車穀麥，保安官還沒在他犁土的時候來，他也還沒被拘留（不是逮捕）。那牛排真是美味，他吃下鑲在邊緣的油脂，用一塊麵包抹盤子，吸吮著牛骨的焦味。真希望能再吃一次，每一天都吃。同樣充滿回憶的食物還有在馬尼拉街頭吃到的糯米飯，那幾把糯米飯上面還倒了一罐油滋滋的沙丁魚。當時他很餓，是個飢腸轆轆的小孩，獨自待在被炸毀的建築物旁，有人用紙板裝飯給他，還給了一罐打開的沙丁魚罐頭。喝光湯汁後，他把沙丁魚倒在飯上面，用手指攪一攪便囫圇吞下，然後將紙板上鹹鹹的魚油也舔得一乾二淨。這些都是充滿回憶、令他久久難忘的食物，永遠承載著回憶的滋味。

就這樣，他在睡醒後吃早餐，能吃什麼就吃什麼，然後出門進城。這時仍是大白天，所以必須小心地沿著偏僻巷弄移動。他有一輛老舊生鏽的海華沙牌腳踏車，車後沒有擋泥板，座位後方則有個稍微彎曲變形的行李架。因為鏈子鬆了，踩動踏板時會發出喀喇喀喇的聲音，輪子也因為輪輻鬆了而顯得搖搖晃晃。可是進城騎腳踏車，移動速度會快一點。在馬尼拉時，他也有一輛和隆姆一樣的日軍舊腳踏車。黑色車身，連接前叉的車桿上釘了塊錫牌，上面印著許多他看不懂的符號。後方行李架是用生鏽的焊接管做成的，肥大的車輪老是洩氣。當時他還是個小小孩，雖然這輛兩輪車對他來說太大，他仍以笨拙彆扭的方式學會了騎車。這輛腳踏車讓他得以在城裡四處遊蕩一段時間，但後來被偷走了。他倒也沒有太難過，因為它老是扁胎，讓他不得不隨時找人借打氣筒。再說，他也已經學會在有必要移動一段距離時，攔下軍人的吉普車和貨車搭便車。

倘若是晚春或初夏，也就是現在（男孩的十三歲生日在五月中），魚群會逆流而上去產卵，但牠們會在小電廠水壩底下被鐵柵卡住，無法繞道或越過。魚群會在泥水激流的洶湧大池裡繞圈子，直到疲憊不堪，才被湍流帶回到水流平緩的下游。牠們在下游休息、清除魚鰓裡的泥巴，然後再重新嘗試。

魚產卵時不吃東西，所以用餌釣魚的方法行不通。不過男孩發現只要用對魚鉤，還是可以捕到魚。

他在地下室後側某個角落藏了一些不想讓父母或任何人拿走的東西，一些私人物品。其一是他那把用檸檬木製成的舊弓，握把以皮革包裹，弓背貼有生皮。製作箭的材料則是郵購來的，次等杉木箭桿每枝兩毛半，附加一個便宜的黏羽器，可以使用飛機模型膠水在箭身黏上羽毛，箭的尾端則裝上每個五分錢、用來扣住弓弦的塑膠扣。他在巷弄垃圾堆裡看到一件老舊的皮夾克，便剪下夾克的衣袖，用拉力值六十磅的尼龍釣線縫製成肩背式箭袋，並用舊靴子的鞋皮剪成手指形狀製成指套。箭頭很貴，但他發現點三八的空彈殼黏上去剛剛好，是適合用來捕捉小動物的鈍器。他知道警察佩帶點三八左輪手槍，而且從逃家時期他便與警察熟識，因此他們給了他一盒從靶場收集來的彈殼。一盒有五十個，足夠讓他用一輩子了。用這副弓箭可以抓到松雞、兔子和在較低樹枝上的大灰松鼠，不過如果牠們爬得太高，他就不會射箭，因為萬一沒射中（往高處射往往會射不中），箭會從松鼠身旁飛過，飛到看不見的地方，遺失在樹林裡。

藏弓箭的角落裡，他也放了釣魚用具。有一根年代久遠的彈簧鋼魚竿，和一個年代更久遠、堅固耐用、纏滿粗釣線的莎士比亞牌鼓式捲線器。那可不是消遣用的，會用上粗大的釣線加上鋼絲前導線，但不是用飛蠅釣法釣一些三十五公分長的魚。這些釣魚裝備是用來取得肉類、捕獲食物，而你永遠不會知道在那片混濁泥水中會碰到什麼魚。像這套醜不拉嘰的用具雖然很堅固，卻不適合鍇魚。

鍇魚的時候必須去觸摸、感覺釣線。鍇魚的裝備是將一條粗短釣線纏在一根長不超過九米的木棍上，並將沉重的鐵絲前導線與特別磨利的大型三叉鉤牢牢扣在一起。這個錨鉤得沉到水壩底下翻騰混濁的水裡，雖然本身已經有一定重量卻還是太輕，所以他在錨鉤下面不會阻擋到的地方又綁上一個大沉錘或鐵軌螺帽。

他從藏放處取出錨魚器具，騎著海華沙老爺腳踏車，經由小巷僻弄，空隆匡啷地前往電廠水壩。水壩底部的溢洪道上方有一片雜樹叢，濃密的柳樹已長出新葉，於是他將腳踏車藏在柳樹之間。這麼醜的一輛單車，他不覺得會有人偷，可是……就是這兩個字，可是。還是藏起來得好。他自己也會退開、躲藏在柳樹間觀察水壩和溢洪道，直到確定沒有其他人在為止——那些虎背熊腰、老想傷害他的男孩從來不會到水壩這邊來，他們不抓魚，可是……就是那個可是。還是得隨時保持周全的思慮以策安全。水壩裡面的工人大多數不是進城去喝啤酒，就是留在磚砌建築裡喝咖啡、下棋、玩五張牌的金拉密遊戲。他們從不往下看溢洪道，因為當時水已經沒了，已經流過水壩了，又何必看？

確定四下無人後，男孩往下爬到溢洪道上面突出的水泥塊，解開錨魚線垂放到水面上。他在水泥塊表面刮擦手指，讓手指變得更敏感些，然後將錨鉤朝水流較前方甩去，讓錨鉤在落入水中後順著深處的水流沿牆壁往回漂。

錨魚是種藝術。

試圖逆流游過自溢洪道洩下的洶湧水流時，魚群會緊貼著牆壁，因為在那裡游起來比較輕鬆。你要把魚鉤往前拋，讓它沉入水中、順著水泥牆往回滑動，直到感覺魚鉤撞到了什麼。

那是魚的吻部。

這時你要猛力、快速地往上一拉，讓錨鉤刺入魚下巴，接著雙手交替將魚一節節拉上來。這不是消遣，不是興趣，捕魚果腹是需要力氣的。

這部分並不是藝術。只要在魚鉤滑動後猛力拉扯，你就會抓到一條魚，然後就可以大大歡呼一聲。

藝術在於知道你要捕捉的是哪種魚。鯉魚也和其他魚種同時出游，混雜其中，但誰都不想要鯉魚，因為鯉魚太多刺又生活在水底的泥巴裡。據說這種魚的魚肉軟軟的，有土味，所以男孩從來沒吃過。有人告訴他，中國人吃鯉魚，烹煮時會把整條魚放進板金碗缽裡，架在火上油炸，魚鱗和內臟都沒清，而且會用手挑刺剝魚肉吃。不過他不知道這是真是假，可以確定的是，鯉魚在這裡沒有人想要也沒有人吃。這裡的人想要的是鼓眼魚和白斑狗魚，多數偏愛大隻的鼓眼魚，可以從側面切下整片魚肉，也可以吃嘴邊肉和眼睛。人間美味。

鼓眼魚和白斑狗魚的吻部堅硬，骨頭發達的下巴往前突出。鯉魚則是吻部柔軟，嘴與唇鬆軟有彈性，有吮吸口以便在水底覓食。

將魚鉤往前甩，讓它往後滑動。魚線擱在已事先搓磨過水泥、變得較為敏感的手指上，去感覺它，感覺它沿著水泥牆滑動。撞到魚的吻部時，魚線會頓住，魚鉤也會微微跳動一下。純粹憑著魚線傳達的觸感判斷，假如只是輕輕一跳，就讓它流轉到一邊去。透過敏感的手指去感受，輕輕跳動就表示是一條底棲泥魚。

撞擊的力道較兇猛的話，真的很兇猛的話（有點像是喀噠一撞，隨即猛然往上扭動），你就知道上鉤的是白斑狗魚或鼓眼魚。把魚拉上來，用力甩到背後的岸上，那麼你就有得吃了。若是白斑狗魚，魚肉片裡會有Y型刺，要挑出來吐掉。若是鼓眼魚，則是乾淨無刺的白魚肉片。

這一次，在他剛滿十三歲這一年的初夏，在上午時分，他抓到的是一隻鼓眼魚。這隻魚重達兩公斤，也可能將近三公斤，是隻體型夠大的公魚，身側呈金棕色。不過今天早上抓的魚不是要吃的，至少不是他要吃的。

男孩和北光酒館談了筆交易。一開始他會找上這間店，主要是因為他父母從未去那裡喝過酒，所以沒有人認識他們，或是他。艾莫．彼得森是個瑞典老人，打男孩一出生他就是酒館老闆，而且時間還要更長，男孩也不知道究竟多少年。他們之間有一筆男孩所謂的交易，艾莫則稱之為協商。艾莫的瑞典腔非常重，說著協商這兩個字時，字像是跌跌撞撞地從他嘴裡掉出來。不過老人喜歡這麼說，彷彿這樣便能提升他的自我價值，而男孩每次聽到都會忍不住微笑。每次聽到艾莫用這種誇張字眼，他都會忍不住微笑。

北光酒館的地上擺了一些二．五公斤裝的咖啡空罐當痰盂，另外還撒了木屑，以免客人吐菸草汁時沒對準咖啡罐。店裡沒有椅凳，滿是男人，粗魯的男人，在水壩下方河岸工作的伐木工人，或是駕駛黃色推土機與壓路機的修路工人。他們會站在吧檯前喝酒，只喝啤酒，但喝得很多，喝到他們準備倒地。吧檯前緣有一根高起的木扶手，客人會一手扶著扶手，另一手端酒喝，一面往地上或咖啡罐裡吐口水。他們會握著扶手直到再也支撐不住，才腳步蹣跚地走到後側幾張木板長椅去睡覺（其實是昏死過去），一直睡到酒醒可以走出酒館為止。

男孩就是把鼓眼魚送到這裡來。每當抓到的魚太大，無法在地下室用加熱板烹煮時，他就把魚送到北光酒館來，艾莫和他已經協商好了。酒館後間有一個古舊冰箱，艾莫付錢給男孩後，會把魚放到冰箱裡的冰塊上面，再賣給主顧。艾莫會保留魚內臟，以便維持重量與新鮮肉質。要是清了內臟，魚會變得比較輕，肉也會從內部乾掉，而主顧喜歡比較大、肉質柔細溼潤又新鮮的魚，也就是比較重的魚。艾莫都是這麼稱呼那些人，說是他的主顧，只不過發音會變成「主庫」。

不是站在吧檯邊喝酒的那些人。他們不是他的主顧，他們不會花錢買魚。那些人要是想吃魚，會自己去抓。而如果他們想吃點東西早點解酒，艾莫的吧檯後面有個隨時保持熱度並抹上豬油的烤架。豬油用二十公升的金屬桶盛裝放在地上，上面蓋了蓋子，以免有人把痰吐進裡頭去。

在烤架上，艾莫用大量熱豬油來料理壓得薄薄扁扁的漢堡肉。他信誓旦旦地說那是牛肉，但男孩吃過一次，不相信那是牛肉。有可能是任何東西，就像他在馬尼拉用紙板吃飯配的肉一樣。有可能是狗肉，或者羊肉，但肯定不是牛肉。艾莫會用薄薄的小圓麵包抹一抹肉旁邊的油，直到麵包變成黑褐色並開始滴油後，他便將肉啪地夾進兩片麵包中間，把熱騰騰的漢堡丟到吧檯上一張撕得方方正正的前一天的報紙上，然後伸出手去收錢。

一枚兩毛半硬幣加一枚十分錢硬幣，三十五分錢。一個漢堡要價三十五分錢。大多數的工人不會吃，不想放慢醉酒的速度，但艾莫仍保留豬油桶和肉不新鮮的漢堡，原因和他把魚冰在冰箱一樣：為了主顧。

觀光客。

關於這間酒館的消息傳開了。男人，有時候是男人帶著女人，來到水壩上方的河流，想釣傳說中的北美狗魚。他們說重量可達二十三公斤左右，不過男孩從未聽過有人抓到那麼大的魚。然而，人們還是從城裡用拖船架拖著自己的船來，有時候甚至是跨州前來，而且幾乎所有人都想看看北光酒館。

這家店吸引大批遊客蜂擁而來。他們覺得這間酒館就是所謂的地方特色，值得一看，值得留個回憶當作紀念。酒吧裡太暗無法拍照，就算可以艾莫也不會允許，所以只能坐下來看一看，喝杯啤酒，吃個用煙燻油膩的麵包夾上不新鮮肉餅所做成的漢堡，同時看看男人站在吧檯邊喝酒的景象。

吧檯對面的牆邊有兩個破舊的雅座，人造皮椅面布滿嘔吐汙漬和更糟的東西。表面龜裂、滿是汙漬和切割痕跡的木桌從牆面延伸出來，觀光客可以坐在這裡，喝一杯馬尿啤酒，吃一個用髒報紙包起的油彈漢堡，然後回家吹噓到此光顧的自己有多了不起，吹噓說這家店有多髒、多油膩。地方特色。

遊客多半都知道用拖船架拖船的事、啤酒的事和昂貴釣魚用具的事，但他們不會釣魚。他們想要的是拍張照片，有個東西可以帶回家，可以向公司同事吹噓炫耀，也許還可以在自家後院烤來吃。

因此艾莫會等他們吃完油彈漢堡、喝完一兩杯馬尿啤酒之後，提及酒館後面冰箱裡有一條當天早上抓到的魚。

究竟是何時捕捉的不重要，反正艾莫總會告訴他們就是當天早上抓到的。大尾的白斑狗魚、鼓眼魚、北美狗魚，看他有什麼就是什麼——當天早上現抓的，看有沒有人想帶回家。每賣出一條魚，艾莫可以向主顧收取五、六或七塊錢，也或許十塊錢。如果是肥大的鼓眼魚，有金棕色側身與肥厚的嘴邊肉，那麼十塊錢便可輕鬆入袋。工廠工人每星期的工資四十塊錢，十塊錢不是小數目，但這魚也不小，還外加可供吹噓的許多好處。回家後拿出魚的照片，可以炫耀很久。這樣看來，一張十元鈔是很划算的投資。

有時候，要是抓到大魚，艾莫會給男孩兩塊錢。像現在就是這樣——兩塊錢換一條兩公斤多一點的金邊鼓眼魚。

兩塊錢進了他的口袋。連同他存下來和搜刮來的錢，總共超過五塊錢了。五塊又六十分錢，一筆鉅額。只要不被那些大孩子逮到搶走，他就會把這些錢存起來。是遠行用的錢。

但他仍然沒有逃跑。他想跑，但沒有，不知為何跑不了。睡在暖氣爐邊的椅子上時，他連作夢都會夢見，夢見自己離開、找到工作、成了牛仔。

可是他只會在夢裡離開。

這不像他。他不會呆坐著幻想自己何時能走，好像有什麼了不起的計畫要思考一樣。

於是他進入森林來到河邊，生個火，抓蟲釣幾條大頭魚，用平底鍋把魚煎得香香脆脆，接著吃下肚。他花了二十分錢買一條麵包，用鬆軟的麵包抹淨熱湯汁。然後他靜靜思考。在森林裡的河邊，他的思緒總是比較清晰。這裡很安全。一旦進到森林，被林木團團包圍，誰也抓不到他，誰也煩擾不了他。

森林是個思考的好地方。

他思考著自己為何不逃跑。

思考事情

還是大白天，所以移動有風險。

他從頭到尾都走巷弄，直到來到鐵路調車場附近，那裡有一些狀況低劣的住家。調車場北端附近，過了扇形車庫會出現幾間醜陋的灰色房屋，那群凶神惡煞就住在那裡。過去許多年間，鐵道公司都使用燃煤的火車頭，會釋放出煤煙，這些房子也因此被燻得幾乎變成黑色，看起來猶如地獄景象，就像馬尼拉和廢墟牆上的血漬。調車場旁的所有房屋都需要上一層油漆，而且還會需要更多。要先刷洗，然後上漆，然後搬家。這些地獄房屋不是人住的地方。調車場邊粗陋的房子、粗陋的人——大夥兒談起那一帶、那些人（如果有人談起的話）都是這麼說的，說他們是住在調車場邊的粗野人，好像這樣就能說明他們的一切似的。

男孩不是住在調車場那邊，但只要有人看見他的生活方式，也會這麼說他的。粗野，父母都是酒鬼，一個小孩老是在街弄裡遊蕩。他想「粗野」是很恰當的字眼。無論他有何感覺、怎麼想，他都具有同樣粗陋的特質。

重點是，他必須穿過調車場到第六街橋去，從那座橋出城往北走，就會到達森林的起點。森林無窮無盡，並且不斷往北延伸。有一回他在圖書館查看一張大地圖，發現從這裡一路上達加拿大這中間，除了樹林什麼也沒有，這片森林似乎是一路往北擴展到哈德遜灣。

森林通往北部，也將他往北拉向安全之處。

但在到達以前，他必須穿越調車場，跳過三組軌道和一道低矮圍籬，然後再穿過兩條街才會到第六街橋。接著再走四百公尺，就能離開大路進入森林。他會如刀刃劃水般在矮灌木間移動，前方敞開，後方隨即閉合，誰也看不見他。他在那裡，卻也不在那裡，彷彿從未存在過。無影無蹤，消失不見。

但首先他必須穿越鐵軌。

而此時仍是白天，他得要小心，要保持靜定，仔細觀察後再行動。他坐在軌道旁的舊倉庫後面，細細端詳眼前的一切。越過鐵軌約四十公尺處就是加煤臺，是將煤炭添加入火車頭後方煤炭車的地方，如今那裡成了鴿窩，棲息著上百隻鴿子。偶爾在森林裡打獵毫無收穫時，他會拿著小手電筒爬進去抓兩三隻鴿子。他會從塔臺的橫梁抓下鴿子，**喀喇**一聲扭斷脖子，然後加以清理，再放進破舊的鋁製燉鍋水煮（這個鍋子是在地下室加熱板上的一堆垃圾裡找到的）。鴿子肉不多，但很好吃，很像雞腿肉或較小隻的松雞胸肉，十分美味。有一次有個人說，大城市的高級餐廳裡有這道菜，只是不叫鴿子肉，否則沒有人敢吃。他們叫白鳳肉。取了像白鳳這樣的名字，就有人出高價來吃，而吃的人完全被蒙在鼓裡，不知道自己在吃鴿子。鴿子煮熟後，男孩會把肉撕下來，撒上一點鹽，用白吐司捲起來吃。現在他正看著鴿子在加煤塔四周飛繞後進到裡面歇息，因為想起了鴿肉的滋味而忍不住垂涎。不過他已經決定要進林子去，然後生個火，抓一條、兩條或三條大頭魚，用樹枝串起來放在火上烤了。他打算坐在煙當中防蚊，一面吃大頭魚的紅魚肉，一面思考自己為什麼還沒逃跑。如果沒有像這樣烤魚來吃，他會在天黑後回來，抓兩隻鴿子回地下室藏身處，水煮後當消夜吃。用麵包配鴿肉，或是叫它白鳳肉，那他也成了高水準的人了。吃白鳳的人絕非粗野之輩。

距離加煤臺只剩四十公尺了。要是能跑到那裡，就可以躲在陰影處，直到確定安全之後再度移動。他放低身子，沿著一整排倉庫的後方移動，直到抵達橋梁附近。接下來只剩三十公尺左右就能上橋，過橋後離開馬路進入森林，他便能完成任務就此消失。

男孩準備好要行動了。安全無虞，於是他跳出來奔越軌道，眼看就要到達加煤臺，卻忽然聽見右後方有人大喊一聲。他很快瞄了一眼，同時加快速度，跑的時候兩條手臂往前伸，希望每跨一步都能更接近前方。

一個名叫麥基的孩子追在男孩後面，吼聲如雷。他年約十五、六歲，手臂極長，斜斜的額頭上覆滿小紅斑與短短的淡紅色頭髮，整個人有如一頭畸形的大猩猩。他是個粗暴的瘋子，腳上穿著厚底高筒的厚重工作鞋，很喜歡踢倒地的小孩——事實上，兩三個月前，他在麵包店後面逮到男孩，就把他踢得渾身瘀青肋骨疼痛，到現在都尚未痊癒。麵包店的女人很好心，某幾天早上會替他留兩三個新鮮的熱麵包捲在外面。他吃的時候，剛出爐的麵包還熱熱的。

當時麥基帶著兩個弟弟，他們年紀雖然小一點，卻還是很魁梧。開耳和胖吉，名字很好笑，但性情很壞，看起來就像小一號的麥基。那次男孩被打得很慘，他倒在地上縮成一團，他們則在他倒地後一起踢他，狠狠踢他的肋骨和肚子，害他把麵包捲都吐出來了。

這次只有麥基一人，那兩條粗腿底下穿著又大又笨重的靴子，說什麼也不可能追上他。

當男孩從兩間倉庫之間穿過時，速度稍微加快了些，他穿的是一雙便宜的ＰＦ Flyers高筒網球鞋，在《男孩生活》雜誌裡可以看到廣告。這雙鞋看起來不酷，可是穿起來很輕，麥基跑一步他可以跑兩步，沒多久那個大輸家就發覺自己是在浪費時間，便放慢腳步然後停下，放棄了。

離開倉庫區、逐漸接近橋時，他重新放慢成小步快跑，甚至連呼吸都不喘。過橋後，他順著馬路慢慢走，然後溜下路邊進入森林，彷彿回家似的。是啊，回家，他微笑暗忖。

有一次，那三兄弟和老是挖鼻屎吃的蠢蛋哈維一塊兒躲起來等他，差一點就在橋上逮到他。他們事先躲在溝渠內一具老舊生鏽的車殼裡，然後跟隨他進入森林，進入他的家。如今回想起來，他不由得露出微笑。當時他甩掉了他們，直接在樹木與柳樹的重重包圍下消失得無影無蹤。他們分頭尋找，但他蹲低身體，搖搖晃晃地潛行於高長的沼澤草叢中，就像有時候鹿躲避獵人那樣，結果他們從距離他不到十五米的地方經過，卻毫無所察。他很想站直起來對他們大喊，讓他們跟著他繼續深入林間，繼續深入，直到……他也不知道直到何時。直到他們迷路吧，也許。當他們迷了路而不知所措時，他就可以單挑其中一人，然後……

算了。

還是離他們遠一點，隨他們去，那才是上上策。他穿入樹林最濃密處，再度走出密林時來到河岸邊，這裡的河水懶洋洋地劃了一個大彎，形成渦流，河水旋轉進入一個始終封死的洞內。男孩將此處稱為他的神奇地，因為他知道大頭魚棲息在這裡的河底，靠著觸鬚感覺周遭與覓食。

在更南方，很遠的南方，這種魚被叫做鯰魚，體型非常巨大，有二、三十公斤重。可是在這裡叫做大頭魚，體型一直很小，即使再大也鮮少有一公斤重，以約莫兩百克或者接近五百克等較小的魚最常見，但還是很美味。要把大頭魚取下魚鉤時得十分小心，因為前鰭與背上有尖銳的硬棘，會像針一樣刺破你的手，並在傷口留下一種毒黏液，會讓你的手，有時甚至是整條手臂僵硬，無法運用自如。

可是這種魚的魚肉很好吃，微紅暗色的肉是營養的好食物。他的這條河裡沒有鱒魚，因為河水太混濁，但聽說大頭魚的肉質跟山裡現抓的河鱒一樣棒。總有一天他要去山裡釣魚，抓一條鱒魚，親自嚐嚐是否果真和大頭魚一樣好吃。或許是遲早的事吧，如果他終於下定決心逃家的話。

男孩的大腦自行運轉起來，思考著逃跑，思考著為何自己好像不打算跑。他搖搖頭。晚點再說，現在他得把魚線放進水裡、撿拾乾柴並生火。他猛然將心思拉回來，專注在抓魚果腹之上，打算也許抓個一兩條大頭魚。這種魚容易抓，吃完以後再來想。

他把一條釣魚線連同前導線、錨鉤和鉛錘綁在一根柳枝釣竿上，藏在樹叢後面的河水漩渦旁。要是有人看到，只會以為那也是柳枝，但反正這裡不會有人來。不會有人到他的林子裡來。有時候，他真真切切覺得自己擁有這片森林，覺得這裡是他的家、他的房間。現在他找到了釣竿，並掀起一段腐木，趁著蚯蚓尚未快速溜回溼土裡面抓起了兩隻。他用魚鉤將兩隻蚯蚓一起穿破肚腸串成一圈，然後將釣線往水上拋，讓魚鉤沉到大頭魚棲息的河底。牠們會用頭部的觸鬚在泥巴中到處覓食，一旦感覺到蚯蚓試圖要吃，就成了他的囊中物。很容易抓。

此刻已近黃昏。男孩生起小小火煙驅蚊——這使得他腦中浮現西格在河邊的影像。然後他才撿拾柴枝，在天黑入夜以前正式生起營火。

夜晚。

他喜歡森林裡的夜晚，但他知道有人不喜歡。

他們覺得會有怪物。聽到老鼠在草叢中窸窸窣窣，就以為是什麼龐然大物，以為是熊或豹。男孩看過熊，很多很多，但從未看過豹。以前有個同住的叔叔曾經告訴過他，真的有豹這種動物，而且走起路來能像貓頭鷹飛翔一樣無聲無息。他問那個叔叔，如果豹走路沒聲音，為什麼大家會害怕聲音，但叔叔只叫他別再自作聰明，不然很可能會在哪個漆黑的夜裡被豹給吃掉。

然而他喜愛黑夜，因為他是夜的一部分，又或者夜是他的一部分。黑夜有如樹林將他團團包圍，讓他覺得像是受到更大的保護——雙重的保護，說不定還更甚於此。他在馬尼拉就喜歡上了黑夜。戰爭期間，敵軍在殺死每一個人、將整座城市焚燒殆盡的同時，也摧毀了所有的發電機，即使後來美軍將敵人棄置的潛水艇拖到城市的碼頭接上電線，用作臨時發電機協助緊急照明，大部分的市區都還是一片黑暗。在黑暗中這座城市變得不一樣，不是那麼安全，在安全的界線外會發生一些事，一些誰也不該看到或甚至聽聞的暗黑事件，而他只是個小孩子，卻看見也聽聞了，從此再也忘不了，再也無法從腦海中抹去。但是那一切教會了他如何在黑暗中、在廢墟與巷弄間移動，黑暗成了他可以用來讓自己不存在的手段。他有一頭淺金髮，但他戴上一頂某個軍人給他的暗綠色迷彩軍帽遮起來。帽子對他而言太大了，會往下落在耳朵上，把耳朵稍微壓彎。軍人說看起來好像小飛象，就是一頭有雙大耳朵的小笨象。這是軍人開的惡劣玩笑，但不論如何，這頂帽子把他的頭髮都藏起來了。

然後他便可以隱匿於黑暗中，徹底消失。就像現在一樣。

他撿來更多木頭，生起了火。在感覺到手上的釣線往河水深處移動時，他輕輕拉了一下，知道有魚上鉤了，這種魚很容易抓。他將釣線收回，釣到一條將近一公斤的大頭魚。大頭魚沒有鱗，只有皮，像這條體型較大，腹部的表皮就會是金色的。他慢慢將魚從魚鉤取下，以防被前鰭的尖棘刺傷，接著用乾草擦去魚身上的黏液，再用隨身攜帶的折疊式小刀清除魚內臟。他會隨身攜帶小刀是因為世事難料，你永遠說不準。他將內臟丟回河中餵食其他的魚和小龍蝦，然後砍一小截分岔的柳枝，削尖後當作烤魚叉。接著用叉尖分別穿入兩條魚的魚身放到火上烤，但不能靠得太近，免得整條魚燒起來。可是也不能離火太遠，要靠得夠近才能把肉烤熟、把皮烤得酥脆，這樣魚皮就會和肉一樣好吃，而如果能裹上餅乾屑油炸就更棒了。不過就算只有火烤還是很好吃，飢餓能讓食物變得更美味。

魚熟得很快，大概只須烤個十分鐘吧，每面五分鐘就行了。他往後靠坐在火堆旁，先用手剝皮吃，然後才挑出肉。雖然烤魚很燙，卻也涼得快，沒多久他就吃得一乾二淨。他把完整的帶頭魚骨放回靠近岸邊的河水中，這裡水流緩慢，小龍蝦可以輕易來此吃掉魚的殘骸。

他又加了柴火，讓火焰旺起來，因為要有濃煙才能壓制蟲子。

他在草地上躺下來。食物很美味，但他仍未吃飽，應該要有更多油脂和一點白麵包。無論如何，這還是美味的一餐，也降低了他的飢餓感。他沒有到十分飽，可是他已經抓了、烤了還吃了可口的食物。

他仰望群星，看見星星布滿天空，好像畫上去的一樣，同時暗自想著那每一顆星應該都是一個太陽，周圍也許還有行星環繞。他看過書上說，星星多到無法勝數，比全世界所有海灘的沙粒還要多。他還讀到，如果秤量世上某個地方所有螞蟻的重量，會比那個地方所有人類的體重還重。

真誇張。

可是天上有一大堆跟農夫一樣多的星星，而且到處都看得到螞蟻。所以事情很難說，真的很難說。

這時他腦中忽然閃過一個念頭。冷不防冒出來的，原本他腦子裡滿是雜七雜八的念頭（星星、螞蟻、大頭魚、油脂、麵包，跑贏麥基、慢吞吞的大塊頭麥基），像魚一樣啪啪亂跳。如果不只有白麵包，還能有麵包店剛出爐的熱麵包捲配著大頭魚吃，一面數星星，一面胡思亂想該有多好。他想著螞蟻，想著得有多少螞蟻才會跟他一樣重，該有多少螞蟻才會跟慢吞吞的大怪物麥基一樣重。

就在這個時候。

正當他思緒紛亂旋繞之際。

腦海中冒出了圖書館。

如今他已滿十三歲，正是逃家的最佳時機，而他之所以沒有逃跑，正是因為圖書館。

不，不完全是。不只是圖書館。

而是圖書館和圖書管理員。

但還是不只如此。與其說是圖書館，倒不如說是圖書管理員。

圖書館

那是一棟又大又舊的醜八怪建築，實心磚砌成，入口大門上方有石雕寫著：卡內基。一道道日光從老舊建築高長的窗戶射入，使得所有東西都像黃金做成的，方正的窗框彷彿導引著充滿灰塵微粒的金黃光束。館內四面靠牆之處全是一堆又一堆的書，置於中央的獨立書架上依然是滿滿的書。進門後左手邊的牆邊，有一個平展式的高架放著雜誌與報紙，架子前面則有幾張大橡木桌和直背橡木椅。射入的光線照在橡木桌暗沉的桌面上，讓木桌顯得栩栩如生，像光線般鮮活的木頭透出了深沉的橡木色。

而且這裡很安靜。沒有刺耳聲響，只有平穩的寧靜。

這地方有木頭的味道，還有什麼？有……書的味道。一個看起來肅穆、散發木頭味和書味的寧靜地方，讓人一進門便能放鬆心情。

所以才會讓人有安全感。在一個肅穆的政府機關裡，誰也不會找你麻煩。這是個安全的地方，那些吵吵鬧鬧的兇狠小孩一個也不會來。

一個和善的地方。

沒錯，這裡是一個肅穆又和善的地方。偌大建築裡，金色光芒照射在橡木桌上，這裡讓人感到安全。

但北達科他州也很安全，和圖書館一樣安全，甚至可能更安全，因為一旦逃往西邊，便能遠離一切正緊追著他不放的惡事。遠離那些兇狠傢伙，遠離他的毒蛇父母，他可以在大白天裡活動，不需要奔走於巷弄間。

但他依然留了下來。

儘管他明知在北達科他州的農場上工作比較安全——尤其現在他已經會開傾倒穀物的大卡車和犁地用的大型柴油曳引機，讓自己更有肩膀了。

但他還是留下了。

而且即使腦中的思緒已盡可能迴避，他仍然知道自己這次沒有逃跑，不只是因為圖書館。

而是圖書館**還有**圖書管理員。

她是大人，而男孩向來與大人無緣。他們說的話、做的事都不太可靠，好像老是說一句話、承諾一件事以後，馬上就翻臉去做另一件事。你永遠沒辦法按照他們的言行做點計畫，甚至無法理解。

男孩想到了馬尼拉和戰爭。毀掉一座像馬尼拉那麼美麗的城市，一點道理都沒有。殺死那麼多人，燒毀整座城市，讓民眾站在牆邊，用火焰射殺他們，然後在牆上留下難看的血漬，也全無道理。他無法想像小孩會做出其中任何一件事，只有敵軍的大人。不為什麼，一點好的理由都沒有。

而圖書管理員就是個大人。

他怎會為一個大人留下？她確實對他不錯。可是其他大人也曾經對他不錯，只是後來當他一鬆懈心防，他們就變得沒那麼好了。

所以他會為了圖書管理員留下來，實在說不通。

儘管她……與眾不同。

前一年冬天，某個冷颼颼的日子（接近攝氏零下七度），男孩在天色很暗的時候穿過一條小巷。其實當時還只是傍晚，離酒吧那些酒鬼心神渙散的時間還久得很。通常他會到酒吧裡假裝賣報紙，一份十五分錢，然後趁酒客不注意，假裝不小心把他們的零錢掃落吧檯。零錢落地後，他就替他們撿起來，並且私藏一點。也許是一枚兩毛半的硬幣，或是兩枚十分錢。運氣好的話，一個晚上有機會賺到一塊錢或兩塊錢。

現在上酒吧偷零錢還太早。

而且好冷。

大大的冷，他是這麼想的。走路時，一邊的耳朵往下貼在衣領上，等另一隻耳朵凍僵了再換邊。左邊、右邊。凍僵了，換邊，再凍僵。

大大的冷。

當時他來到巷尾的兩棟建築中間，看見了圖書館的正門。之前恐怕已經面對面過上百次，卻從未真正看見過。這回，館門前懸浮著蒸氣般的霧，燈光朦朦朧朧，看起來不同以往。很特別，像電影的燈光效果。

圖書館看起來很溫暖。

而外面是大大的冷。

距離上酒吧幹活還有一點時間，那何不去圖書館？

他很詫異，自己竟從未進去過，也許是它看起來太像學校了。很像大人設下的陷阱，他會被困住然後被抓，因為那裡只有一扇門。

可是好冷。

燈光從圖書館正門射出，切穿冰霧，顯得溫暖。

那麼地溫暖。

他移步走向大門，打開門，進到裡面。

完全出乎他意料之外。裡面又明亮又安靜，還能聞到木頭和書的味道，和一股淡淡的花香，可能是香水或乳液。

有親切的味道。

而且很暖和。

天啊，真是暖和。男孩可以感覺到暖意將附著於外套的寒氣逼入他體內，因此他拉開外套拉鍊，讓暖意滲入後逼出寒氣。

他四下張望，微微一驚，因為發現附近的木桌旁坐滿老太太，有八個或十個。她們年紀真的很大，其中幾人想必有八十歲了。香味就是從那裡來的，從老太太身上。她們圍坐桌邊，有藍藍的頭髮，戴著眼鏡，穿著舊洋裝，正在將一團團羊毛線織成毛衣或圍巾或連指手套，乳液的味道就是來自她們。溫柔和藹，老奶奶的味道。男孩深愛自己的外婆，她是全世界最好的大人，而她身上就有乳液的味道。他還小的時候，曾經和外婆同住過一段時間，在戰爭時期的某個夏天。外婆會做蘋果派給他吃，夜裡會替他揉發疼的膝蓋，而當他想念在芝加哥戰爭工廠工作的母親而哭泣時，外婆也會抱著他。後來他被送回母親身邊，外婆則前往北方工作，替築路工人煮飯。

男孩再也不哭了，在馬尼拉時他便不再哭泣，因為比起站在牆邊的馬尼拉婦孺的遭遇，他的生活還不算太悲慘。即使當母親發酒瘋，企圖拿餐桌底下的菜刀捅他時，也不例外。母親不知道自己在做什麼，而且從來連碰也沒碰到他的身體。他移動的速度太快，還讓椅腳和桌腳擋在自己前面，因此刀子只會撞到椅腳閃亮的金屬，噹啷作響。這種經歷他一點也不喜歡，但比起他停止哭泣時所在的馬尼拉，糟糕的程度還差得遠了。再說，他還有那些椅腳，如今只要看見椅腳上包覆著金屬的餐桌椅，他總會心懷感激。在馬尼拉的那些孩子沒有椅腳，只有惡劣的大人和戰火。

此時男孩移到門邊，但沒有離太遠，以防臨時必須逃走。他進來是為了取暖，為了讓身體吸飽暖氣後再上街前往酒吧幹活。

他不想引人注意，只想取暖。他移到門邊斜靠著牆，試著融入其中，同時汲取一些熱氣到身體裡面。

往左邊移動，繼續靠牆站立的他，離桌邊的老太太們更近了一些，片刻過後他才發覺她們在低聲交談。

一開始，他聽不清她們壓低聲音在說些什麼。

只聽見聲音，近似音樂，很像他和外婆同住時，晚上因為膝蓋和肘骨疼痛而睡不著時，外婆為他唱的催眠曲。她總會低聲哼吟，像是輕柔的聲之歌。於是，一如小時候外婆唱歌哄他時那樣，他靠著牆任由聲音籠罩自己，這使得圖書館的暖意增強，宛如毛毯覆蓋在他身上。

他閉上雙眼，想到了家，不過主要是想到愛蒂和西格。其實家是他沒有的東西，從來沒有過。他一向只是待在一個地方，接著換另一個，但那些地方都不是家。他很希望自己有的不只是一個地方，很希望自己有個家，有人在家裡等他，就像這群老太太坐在桌旁一樣。

溫暖與燈光讓他慢慢解凍，最後終於能聽見她們的話語，不只是音樂而是真正的話語。她們在談論自己過世的丈夫（從不提到死字，而是說過世）和搬離開家的孩子。丈夫過世了，孩子長大了，每個人都繼續為自己的人生努力，她們因而變得孤單。

因此現在她們會到圖書館來，坐在一起，在金黃光線環繞下，互相輕聲傾吐人生故事。因為天氣很冷，是遙遠北方致命的寒冷，要在家裡整天整夜開著暖氣，她們負擔不起。

燃料油太昂貴，她們便將暖氣溫度調低，免得燒掉太多每個月微薄的津貼，如此一來每個星期就還能買得起一點肉，吃兩頓有肉的餐點。但是寒冷讓她們周身痠痛，於是她們來到溫暖的圖書館，坐著聊天，一面織圍巾和手套要給離家的孩子。她們將家裡的暖氣調低，來到圖書館回憶度日。

雖然男孩已無法哭泣，然而聽著這群僅能憑藉回憶度日的老婦人輕聲細語，他的雙眼卻不禁灼熱起來。她們沒有抱怨，她們始終沒有一句惡言，即使對石油公司也一樣。

那第一次男孩待在門邊，傾聽老婦人用音樂般的聲音敘述回憶時，他竟一時聽得忘我。通常他必須隨時想著自己的事，想想自己該怎麼做才能熬得過去。活下去，想著自己該怎麼做才能活下去，想著下一頓飯在哪裡，想著自己能弄到或賺到的微薄小錢，想著要上哪去，要怎樣才會安全。

那幾位老婦人談到自己最初搬到這個北國的緣由，而這些故事似乎隨著話語在男孩心裡變得鮮活。她們記得的第一件事是結婚，以及新婚後的情形：第一個燉鍋、第一個盤子、第一道菜色、第一間小屋，屋子的小窗裝了紗窗防飛蟲。還有當時她們的丈夫是什麼樣子：強壯到能單手劈柴，強壯到能趕馬拉犁翻新土一整天，晚上還能笑著唱婚禮歌曲，為家裡帶來歡樂，帶來愛。

起初男孩好像不在那裡，而是牆壁的一部分，沒有人真正看見他或想到他。像這樣隱形讓他有一種奇妙的安全感，就好像他不只是個流著鼻涕、衣衫襤褸、揹著裝舊報紙的肩袋假裝去向醉漢兜售的小孩。他變成了牆壁的一部分，正在聽著老太太們說故事，讓她們的回憶流淌、洗滌他的全身，讓他變得更好。假如她們還能在自己的生活中看見溫柔、美與幸福，他當然不能因為偶爾挨打、被迫穿梭在巷弄間就怨天尤人。

老婦人聊天時，男孩有一度抬起頭來，看見圖書管理員在看他，時間不長也不是直視，而是很快地瞄一眼，目光剛落到他身上就轉開了。男孩看得出來這不是管理員第一次注意到他，從她的眼神便能看出，她一直在觀察傾聽老婦人說話的他。

但是這次被男孩看見了，而她也發現男孩看見她，便對他微微一笑。淺淺淡淡地，和她的目光一樣，只是匆匆一眼，短暫微笑，然後消失不見。男孩再度輕鬆地靠牆而立。

管理員也不年輕，但沒有桌邊那群婦人那麼老。大概四十歲吧，就這麼老。不像桌邊的老太太，他猜她們都快八十了。四十歲，戴眼鏡，頭髮有些花白，眼角有細細的皺紋，應該是笑紋。那就算不是笑紋，至少也是微笑紋。清澈的灰色眼眸瞄他一眼隨即轉開。

如果她的目光停留在他身上，如果那雙眼睛與他對上盯著不放，他會立刻轉頭離開圖書館，很可能再也不會回來。當有威權的大人看見你、端詳你時，哪怕是面帶微笑、舉止和善，好像也從來不會有好結局。她有可能叫他出去，說圖書館不是他這種人能來的地方。倘若她緊緊盯著他看，最後也可能叫警察來把他帶出去，因為他穿得破爛，一副在街頭流浪的模樣。這誰也說不準，大人的心思從來誰也說不準。

可是她沒有。

她的眼神僅是一閃而逝，所以男孩覺得夠安全，可以留下，留到九點。留下來讓身體變暖，留下來聽老太太說故事，直到圖書館關門，到時他就可以到酒吧去幹活掙零錢，從艾莫那裡得到一個油彈漢堡（偶爾吃點免費的東西換換口味），玩玩偷醉漢零錢的把戲賺個一塊七毛半，然後回到那個垃圾堆般（其實就是垃圾堆沒錯）的地下室，挨在暖氣爐邊，抱著吃過漢堡飽足的肚子和口袋裡的錢，好好睡一覺。

美好的一日。圖書館日。

圖書管理員

全部都混在一起了。生活、圖書館，一個一個互相交疊，直到單純的事變得複雜。男孩逃過兩次家，結果都被警察和教會志工抓到帶回來。所以當他離開家到農場工作，他是一種人，而當他被抓到、帶回他們所謂的「他家」，他又是另一種人——天啊，他暗想，這也能叫做家！巷弄、暗街、水壩抓魚、酒吧賺零錢，地下室和他的加熱板與鍋子，偶爾上保齡球館擺球瓶，最後還有森林。

夏去秋來時，他大部分時間都在林子裡。要再逃跑太遲了，因為秋冬時節沒有農活。他拿著檸檬木弓和鈍箭打獵，大多時候都待在外面，能獵到什麼就吃什麼。後來他拉弓的技術變得相當不錯，抓兔子用圈套，碰到松雞就用弓與鈍箭，也會釣大頭魚以變換菜色。在火邊或坐或站著吃，既是孤單一人也不是孤單一人，因為有森林相伴，像朋友一樣。他熟知每個聲響、每個動靜、每種曲線與顏色。森林是他的摯友。

偶爾他會進城裡買麵包、鹽巴、烹飪用的豬油。

也會去圖書館。

自然而然就變成這樣了。不知為何，而且不假思索，圖書館成了他的一部分，他所作所為的一部分，也成了他的安全處所，和森林一樣。

說也奇怪，儘管這裡是大人管理的嚴肅場所，男孩卻發現自己喜歡上了圖書館。他深愛森林，群樹總彷彿在對他傾吐心聲，但沒想到他竟喜歡上圖書館。有些日子不能進森林，例如寒冷的秋日雨天，或是森林裡滿是酒醉瘋狂獵人的獵鹿季，那些獵人一聽到聲響或動靜就會開槍，這種時候他就會上圖書館。

只是悄悄溜進門內，站在左手邊，不和任何人說話。試著祛寒或甚至讓身子暖和起來，因為現在外面一片凜寒，冬天就算還沒到，至少也上路了。他聞著書和打蠟木頭的味道，稍後，等老太太們到了，還會聞到她們的乳液香味，這讓他懷念起自己的外婆。一段時間過後，在他到訪多次都只是站著聆聽之後，他開始小心地移到雜誌架看雜誌。

他沒有從架子取下雜誌拿到桌旁，甚至連碰都沒碰，只是站在一旁，假裝自己不存在，同時用眼角餘光看看管理員在主櫃臺做什麼。她似乎總是忙得無暇注意他。如果她正眼看他，他就會離開，因為那只會是大人設下的另一個陷阱。但她沒有看他，因此他開始看雜誌。

《野外運動》、《戶外生活》、《男孩生活》。藝術。圖片。他讀得很慢，若非放在圖片底下的文字就跳過去，說他被文字絆得跌跌撞撞也許是更貼切的形容。可是他讀進去了，並從中學習，結果愕然發現許多關於戶外、關於漁獵的文章都不正確。那些作者好像並不完全了解自己想說什麼，也就寫錯了。有些畫家在描繪作者敘述的情境時，自以為畫得對，其實大錯特錯。

有一幅畫畫著一個男人在森林裡遇到熊，熊直立起來，張牙舞爪。事實上不會那樣，熊不會像那樣直立。牠們會推著腳掌移動，斜斜的肩膀隨著前行起伏，假如看到不喜歡的東西，要不是跑開，就是發出「呼」的一聲叫你別擋路。

男孩之所以知道是因為自己遭遇過一次。那頭熊沒有傷害他，只是朝他挪動著肩膀推進而來，然後發出呼呼聲，嚇得他差點拉一褲子屎。於是他就這麼等著熊走過去——事實上他也沒有其他選擇了。因此他知道雜誌裡把熊畫成直立起來揮舞熊爪是錯的。

一開始，男孩覺得應該告訴某個人，也許可以跟圖書管理員說，但這只是一個念頭，閃一下就過去了。他還不想打開那扇門，讓她看見門內有什麼。試圖改變現狀不是好的做法，最好還是像熊一樣繼續走自己的路，一樣拖著沉重腳步，肩膀起伏著走過去，同時暗自「呼」的一聲。

於是，當他沒進森林、必須待在城裡時，就會去圖書館看雜誌。這不是嗜好，算不上是，卻是一件他在不知不覺中慢慢喜歡上的事。他沒有察覺到圖書館已經以一種奇怪方式進入了他的腦海，一如森林。

起初，他腦子裡、思緒裡會出現一樣他或許不懂或不知道的東西，例如車、槍、一大片地區或是星星，然後他就會來到圖書館、來到雜誌架前，試著尋找答案，試著像在水壩下方捕魚或是在森林裡抓兔子那樣，從雜誌裡攫取某種知識。

他就是這樣得知所有的星星都是太陽，周圍可能有行星環繞，而且某個行星上說不定還有像他一樣的男孩。他也是這樣得知，自己深愛的森林一路往北延伸，盡頭是一個不再有樹和雪，並且一年到頭冰凍的地方。那裡的人會獵海豹和馴鹿，還會吃生肉，而他們不吃的就餵給拉雪橇的狗吃。看完文章後他學會了思考身外事，想想未來的可能，或許有一天他也想嘗試搭乘狗拉的雪橇。

圖書館就是他學習知識的方法、地點與時機。

他也從圖書館攫取新的學習方式。

到最後，他終於從站在雜誌架前閱讀，轉而去找張桌子坐下來，而他會這麼做純粹是因為受了傷。

有一個年紀比他大、在保齡球館擺球瓶的男孩生病了，他於是獲得在聯賽夜的工作機會。一般的聯賽夜，一局可以賺七分錢外加小費，不過通常都拿不到小費。然而若是競賽夜，也就意味著要同時兼顧兩條球道，一局是十一分錢，拿到小費的機率也高得多。儘管一次負責兩局、一局賺十一分錢，也還是需要很長的時間才能賺到兩塊錢，但為了賺錢他還是接下工作。

每條球道盡頭的機器後方有塊木板球瓶區，機器上有放置每支球瓶的洞。當球滾過來擊倒球瓶，球童就得拾起球，丟進溝槽送回前方給球手，並抓起球瓶塞進機器的洞中，然後用力拉下機器上方的橫桿，將所有球瓶放下就定位，準備迎接下一顆球。

除非有一些球瓶沒倒，也就是球手沒有打出全倒，球童就得將球送回，抓起被擊倒的球瓶，然後在下一個球滾過來之前閃開。有時候球手喝醉酒，會企圖將球滾向還在球瓶區的球童。那是大人玩的大遊戲、開的大玩笑——用保齡球撞球童。以前有個球童外號叫「貓眼」，因為他發誓說自己在黑暗中看得見東西。這個孩子被球打到，從此跛腳。也許他真能在黑暗中視物，卻肯定無法在燈光下看見球朝自己打來。

不過球瓶區堪稱暖和，如果一直忙個不停，人還會熱出汗來，完全感覺不到從後方長窗滲入的冷風，而且待在這裡就不必在街頭受凍。

在球瓶區後面有一張狹長木椅，球童可以跳上去，好讓雙腿保持在高處，同時祈禱球滾過來把球瓶打得胡亂彈飛時能夠全部閃開。兩條球道並排著，球童要跳過球道中間的小隔牆，拾起球，匆匆將球瓶塞入瓶洞，再越牆跳回原先的球道，把球丟回、擺好球瓶、爬上木椅閃避亂飛的球瓶，然後從頭再來一遍。

辛苦的工作。

有可能殘廢的工作。

危險的工作。

啤酒如水流，等球手一喝醉，就會開始丟得更用力、更狂放，並相互打賭看能不能趁球童還在球瓶區、還來不及跳開的時候打到他。

那球很重，滾動得又快，球瓶也很重，飛彈起來有如炸彈爆炸。只要被球或球瓶打到，你就會失去知覺，並滿心懊悔不該答應在聯賽夜來擺球瓶。

但你不能抱怨。如果罵得太大聲被聽見，小費就飛了。

一局十一分錢，兩條球道來回跑，十個人各打三場，一個晚上有三十局。三十乘以十一，超過三塊錢。一整晚的危險工作賺三塊三毛錢。

加上小費。

如果和其他球童加起來平分，一晚或許能賺到五塊錢，但前提是絕不能抱怨。夜裡離開球館要回地下室時，得隨身帶著一支舊球瓶，以免一些大孩子追來把錢搶走。一定要實際動一次手，拿球瓶砸他們的頭來保護自己賺的錢，他們才會學乖。他曾經用保齡球瓶打過一個名叫肯尼的大孩子，當時他抓著球瓶使盡全力一揮到底，肯尼立刻有如被戰斧砍中般倒地。在那之後，那些大孩子便不再找他麻煩，而他會消失在巷弄間，遠離他們，口袋裡放著排球瓶的錢和小費，手裡拿著舊球瓶，以防萬一。

不料有那麼一天，他跳開的動作太慢了。球手全都喝醉了，不懷好意地笑個不停，發出陣陣愚蠢的笑聲。他先排左邊的球瓶，然後是右邊，而正當他彎低身子撿球瓶時，有個喝醉的球手，一個放聲大笑的酒醉球手，故意把球丟過來，只為了想看看球童的動作能有多快。

事實上，男孩只差一點就成功，幾乎已經完全閃離球瓶區，可惜……就是差了那麼**一點**。

他閃開了朝四面八方亂飛的球瓶，並且往木椅上跳，不料就在正要抽回左腳時，滾來的球擦撞上他的小腿。有點痛，但好像不是太嚴重。他最在意的其實是自己因為同時排兩條球道的球瓶而措手不及。根本不該被襲擊成功的，偏偏他就是被打到了，而且球輕易就能撞斷他的腿，能讓他沒命，萬一打到頭他就完了。以前就曾經發生過這種事，有個叫柯特的孩子被打中頭，小命保住了，卻從此無法正常走路或說話，老是重複說同樣的話，走路也斜一邊，還有一隻眼睛睜不開。也許還不如死了的好。

總之，除了一陣短暫劇痛，男孩很幸運地並無大礙，仍繼續排球瓶直到聯賽夜結束。他一面做事一面在心裡暗想，哪天等他長大，非得要揪住那個拿球砸他的臭傢伙，打得他滿地找牙。在那之後他有點跛腳，不算嚴重，但若是碰到較難熬的日子，當他開始覺得累、腿也稍微痛起來時，就會看得出來。

圖書館大門入口處有三級階梯，在被酒醉保齡球手打中後，男孩爬起那些階梯都會感覺到刺痛。當他走向雜誌架時，刺痛雖然減緩卻仍持續著，於是他取下一本有關戶外打獵的雜誌，找了張橡木桌坐下來。

他看著雜誌裡的男人展現技藝，拉弓射向攻擊他的熊（熊從來不會這樣），看了還不到兩三分鐘，就感覺背後有人。

他抬起頭看見圖書管理員。

她站在後面對他微笑。

溫暖的微笑。

但她畢竟是大人，她畢竟注意到他了。

她很可能會叫他馬上離開、馬上出去——像你這種人不屬於這裡。她會撤下溫暖笑容，把他踢出門。

「需要我幫忙嗎？」

她是這麼說的：「需要我幫忙嗎？」

男孩抬頭看她，隨即轉移目光，視線往下盯著木桌。木桌有著直直的紋路，是堅固的橡木做成的，表面有人用尖銳的東西刮過，留下一道細凹槽。居然有人做出這種蠢事。他倒吸一口氣暗忖：我需要你幫忙嗎？天啊，這位女士，要是你知道……

男孩搖搖頭，嘟噥著說自己是進來取暖的。要想避免面對大人時可能產生的諸多問題，嘟噥著說話頗為有效，至少似乎有效。大人會預期小孩嘟嘟噥噥。他裝作一副難為情的模樣，始終低頭往下看，嘟噥著說外面有多冷，心裡卻想著：我幹麼坐到桌子前面，一副要待下來的樣子，結果現在被逮到。該走了，馬上就走，到門口要走幾步？四步、五步，走下短臺階出去，離開，不再回來，因為如今她已注意到他，跟他說話了。

可是他的腿沒動，他的身體不肯動。他雙眼繼續看著桌面，等著，等著，等她把話說出口：出去。

男孩抬頭，飛快地瞄一眼，沒想到看見她仍然面帶微笑，而且是溫暖的笑容。

「需要我幫忙嗎？」

輕柔的嗓音，聲音中帶著微笑。同樣的問題，不是叫他出去，而是表達幫助的意願。

男孩依然搖頭，嘟噥著說是來取暖，謊稱道：「我很好。」

但他從來都不好。有時候好一點，但從來不是徹頭徹尾的好。每件小事都從來不曾徹頭徹尾的好。

「你要不要辦一張圖書證？」

來了，圈套和花招來了。

大人對你好總是有附帶的理由，總是希望你做點什麼。

男孩又抬頭看她，她臉上仍是同樣的笑容，但此刻他已經明白：她對他有所求。

「要多少錢？」

「辦卡不用錢，是免費的。」

才怪，男孩暗想。我十三歲，吃盡苦頭的十三歲，小時候在馬尼拉街頭遊蕩三年，三年來每天都要經過那些留著可怕血跡的牆，其他時間都生活在一潭酒醉的泥沼中，或者應該說是努力地和毒蛇共同生活在其中。除了外婆會做派給他吃，會替他揉疼痛的膝蓋，還有愛蒂和西格會給他自己的房間和農場雜活以外，誰都不曾給過他免費的東西。

一樣都沒有。

從來沒有。

於是男孩心想他要離開，他應該要離開。沒有理由待下來，沒什麼真正的理由。但圖書管理員臉上帶著笑容，那笑容很溫和，而且外面很冷，室內又溫暖，讓他腦中不禁出現了這個……這個想法。一個小孩自作聰明的想法，讓他想繼續撐下去，看看會有什麼結果，看看她到底在耍什麼花樣。這個自以為是的小孩想著，也許可以將她的花招學起來，反過來對付他們。

他也不太確定「他們」是誰，或可能是誰，但他知道「他們」之一肯定存在，而那個人將會利用圖書證來對付他。

圖書證。

於是他又抬頭看她，這回看得比較久，然後點點頭。「好啊，就給我一張免費的圖書證吧。」

他必須隨她到櫃臺去，那裡有一臺鏗鏘作響的老舊打字機，她把男孩的名字打在一小張類似紙板的東西上。硬梆梆的紙裡面有一塊小金屬片，上面有數字，男孩發現她沒把他的姓拼錯。多數人都會把最後一個音節拼成「－son」，但她打的是「－sen」。她拼對了，正確無誤。

然後她把卡片遞給他。

一言未發，她只是看著男孩盯著卡片、拿在手中仔細端詳的模樣，又再次面露微笑。他注視著卡面上他的名字、他的號碼，這時怪事發生了，不知為何這張卡片……讓他自覺變得真實。那是**他的**名字、**他的**號碼，就在眼前。

在這偌大的世界上，他終於變成真正的人。就在當下，在這個世界上，一個真正的人就在**這裡**……

「這是幹麼的？」

「可以用。」

「用來幹麼？」

「跟圖書館借書。」

「什麼書？」

「我們這裡有的書，你想借都可以借。或者如果你想看的書我們沒有，我也可以從其他圖書館調書，寄過來大概需要一個星期，不過……」

男孩舉起手，不過舉得不高。此時他們已經移動到前面的櫃臺列印卡片，他舉起的手只離臺面五六公分高，但終究是打岔的動作，這完全違反了他所知道的應對大人的原則。你絕對不能打斷他們。「可是真的要拿書的時候，要付多少錢？」

「就像我剛才說過的，全部都是免費的。想借什麼書都可以，一分錢也不必出。我們是出借的圖書館，你把書拿回家，讀完以後再拿回來還。通常大概是……一個星期，或者兩個星期。」

他把身子往後靠，環顧室內，看著擺滿牆壁的書架、立在中央的書架，上頭滿滿的都是書。問題是，他暗想，問題是他幾乎不太看書。他能認字，但沒有花太多時間練習。他不記得自己曾真正讀完一整本書。啊，小時候看過一些圖畫書，但現在沒有，沒看過一整本厚厚的書。那些要命的大部頭，得一頁一頁費力地看，得卯足了勁，一頁接著一頁，像打雜任務一樣。「我怎麼知道從哪開始……」

這時他微微一驚，因為他竟然大聲說出來了。天啊，他竟然一再地犯錯。他以為自己只是想在心裡，不料竟說出口來。可惡的大腦接管了，是吧？逕自就說起來了。好像他只是站在那裡旁觀，而他的大腦卻自己在和管理員說話。

「書真的很多。」管理員點著頭說，依然面帶微笑，溫暖親切的微笑。「要不要我替你挑一本作為起頭？」

他還是可以逃跑，可以跑得遠遠的。但是他沒有，沒有逃跑。反倒是有另一隻熱呼呼的蟲鑽進他的腦子，讓他暗想：她能挑什麼書是我可以讀的？我會讀的？接著繼大腦之後，輪到好奇心接管，讓他不由得張開了口，說道：

「好啊。」

就這樣。狂妄自大的小鬼，好像和圖書管理員聊天已經聊了一輩子。她招手示意他跟上去，然後帶他回到書庫區，望著架上的書本片刻之後，抽出一本交給他。

「這是關於一個住在叢林的男孩，」她說道：「和他怎麼求生的故事。我想你應該會喜歡。」

但她的話男孩沒有全聽進去，因為他正盯著書瞧，打量破舊的布書脊和磨損變圓的書角。他沒有打開書，還沒有。他摸著書角，感受那觸感、那溫度，一如管理員的溫暖笑容。不具威脅，比較像是一種邀請——那本書幾乎像是在召喚他，一如她吸引住他的笑容，說著來吧，跟我來，跟我來。男孩以前看過書，當然看過，但從來沒有一本顯得如此……如此活生生，就好像它想和他交朋友。愚蠢的念頭，書怎麼可能是朋友？可是圖書管理員也做了同樣的事，說著跟我來，帶著他進入到這個書庫區。

他生平第一次感到真正想認識一本書，想知道裡面寫什麼、書好不好看，以及他必須怎麼做才能知道書在說些什麼。他是真的想要**知道**。

他既未多想也不明所以，就已把書抱在胸口。「我可以拿走這本嗎？」

管理員點點頭。在書架與書本間的陰影中，一線金黃陽光灑入，帶著點點微塵，使得她的臉彷彿在發光。這景象讓他想起馬尼拉教堂裡的畫，畫中女子也是籠罩在亮光中，低著頭對他微笑。

「我需要那本書後面的卡片，等我把你的圖書證號碼寫上去，再把歸還日期建檔，你就可以走了。通常借閱期限是兩個星期，但如果你需要更多時間，也可以續借。」

雖然這一切都很新奇，但就某方面而言，在他人生中這很不一樣的部分又讓他感到熟悉。他看著管理員將圖書證翻面，把他的號碼抄在書裡的借書卡上，然後取回圖書證，走到戶外進入街頭。他沒有去酒吧假裝賣報紙，偷取酒醉客人的零錢，而是進入巷弄間，一路回到地下室。

外面冷颼颼的，冷到他的鼻毛都捲縮起來。他有一頂海軍羊毛針織帽能替耳朵保暖，是在二手商店花兩毛半買的，只有一點點汙漬，但應該不是血。不過他擔心的是書，不知道書會不會被凍傷，萬一真是如此，他可不想回去跟圖書管理員說書弄壞了，可能是凍壞的。書有可能結凍、打破嗎？

他把書放進外套裡面，揣在胸前，替它保暖。他想至少能讓它稍微暖一點。這不是什麼了不起的外套，但可以保留些許體溫，或許這樣就足以保護書了。

回到地下室後，裡面很暖和，而且他有一條尚稱新鮮的白麵包、一罐花生醬和一個十五分錢的沙丁魚罐頭。烤了吐司，吃了花生醬沙丁魚三明治，又喝下罐頭裡剩餘的沙丁魚汁後，他走到牆邊的舊洗手臺，從水龍頭喝一點水，然後拿著書安坐到椅子上。

他的書，**他的**書。

用他的圖書證借的。

他的圖書證。

他現在就要來閱讀**他的**書，用**他的**圖書證借來的書，不管書有多厚。

而且整本都要看完。

上帝為證。

書

讀完那本書花了他將近兩個星期。有一百四十六頁的文字要讀，還不包括書名頁和寫了一堆有的沒的法律名詞的頁面。總共花了快兩個星期的時間才看完，因為他看書很慢。他每次可以讀個兩三頁，但隨即就忘了前面的內容，只好再回去溫習一下，然後再讀個兩三頁，又要翻回去查看。

生活在閱讀中持續著。獵鹿季節到了，所以他沒進森林，好避開那些一聽到聲響或動靜就開槍的瘋子，他們與其說是在打獵更像是殺戮。

笨蛋才會用獵鹿槍射殺兔子或松雞。像那麼小的動物會被轟成碎屑，連肉都不會剩下，只剩殘屑。而他要是把灌木叢晃得窸窣作響，他們就會開槍。拿著太大的槍去打獵的醉漢是最危險的，他們有很多人喝得爛醉，結果不是射到自己就是射到其他獵人。每年都有八到十個人被其他獵人射傷或射死。

所以男孩有兩三個星期不去森林。此外這個時節也不能在水壩下方錨魚，魚群要到春天才會洄游，再說天氣又那麼冷，河流邊緣都結了冰，氣溫始終維持在零度以下。如果靠近水的話，感覺就會更冷，而如果又把手弄溼……

那就大事不妙了。

所以他在酒吧多打了點零工，負責在地上撒木屑，之後再用長柄刷刷乾淨。艾莫每天除了讓他吃一個免費的油彈漢堡，還會付他一塊錢。那些獵人每晚會到酒吧來，拚命喝到酩酊大醉，然後吐得亂七八糟，但艾莫不介意，因為他們也會拚命花錢。地板上多半都是口水和嘔吐物，不過偶爾也會掃到一兩枚兩毛半的硬幣。

攢一點小錢。

保齡球館需要人手的時候，他也會去排球瓶。

攢多一點小錢。

如果去清暖氣鍋爐排出的煤渣，一天會有五十分錢。另外他也會趁著兩條毒蛇昏死之際，到公寓裡查看父親的褲袋和母親的皮包。

這些全是他在這段期間裡要做的事，不過每天忙完以後，他就會坐到地下室暖爐旁的椅子上看書。

很不錯的書，他暗想道。但話說回來，他也不確定自己有沒有能力判斷一本書的好壞。總之他喜歡，還算喜歡。書裡寫的是一個男孩和家人生活在太平洋一座叢林島上，捕魚，用椰漿煮魚吃，用手抓飯吃，吃樹上的水果。偶爾他們會用長矛殺野豬，料理方式是把野豬埋在鋪了熱炭的土裡，再蓋上厚厚的樹葉。

《綠色希望》。

這是那本書的書名，不過男孩始終不太明白他們還希望擁有什麼。他們有充足的食物，好像沒有人對任何事感到不滿，主角的父母也不喝酒，對他又很好。他在溫暖的海裡游泳，沒有鯊魚攻擊他。

男孩讀了那本書。

而且是讀了**一整本書**。

讀完以後他便坐著沉思。暖爐在身旁隆隆響著，明亮的燈泡垂掛在頭上，他閉上眼睛試著想像自己讀到的內容，試著在腦中將文字化為圖像，想像作者描述的叢林，以及希望。

問題是，他小時候在馬尼拉四周的叢林度過不少時間，也吃樹上的果子，也用手吃飯配沙丁魚，但和作者想的好像……不太一樣。他寫說當你想摘芒果的時候就吊掛在樹上晃來晃去，可是男孩知道不是如此。芒果熟了會從樹上掉落，就可以吃了，你走過去就會聽見果實打在地上的聲音。

咚。

完全不需要爬樹，只是你得比其他動物早一步趕到。而且，你如果像那棵樹的主人似的爬到樹上，還晃來晃去摘水果，猴子會咬你。猴子的牙齒像電動圓鋸一樣利，而且兇得要命，尤其是在你搶牠們食物的時候。男孩從未見過一隻快樂的猴子，卻看過許多不快樂的、只有蠻橫無理可言的潑猴。偶爾他會看到一隻猴子被蟒蛇逮到，整隻都被吞下去，在蛇的體內鼓成一大團，但他從不覺得難過。你只要被咬過一次，對猴子就不會太有好感。

好不容易，在終於看完書的某天傍晚，男孩把書送回圖書館。

他站在門內等候，不知怎地有點害羞。圖書管理員正在和幾位老太太說話，因為天氣變冷，她們又開始回到橡木桌邊，男孩便靜靜等著管理員回到服務櫃臺。

他把書遞出去，放在櫃臺上，接著推過去給她，宛如贈禮。

「你喜歡這本書嗎？」她露出微笑，同樣的溫暖笑容。

他點頭，一聲未吭，儘管事前曾經想過要告訴她叢林裡真正的情況，可是他一句話也沒說出口，只是點頭。

「你看得出作者想傳達什麼嗎？」

他想了想，不確定自己是否真的明白。正打算點頭開口說話，卻在還沒出聲前又打住了。

她帶著同樣的耐心和微笑等他接著說。

「那些字在我的腦子裡變成了圖像。他寫的是叢林，我可以想像出來。我以前看過叢林，所以當他說到叢林有多翠綠的時候，我可以在腦子裡看到那些景象。還有碧藍的大海。還有猴子，但猴子很壞，蟒蛇會吃掉牠們。還有芒果會直接掉在地上，不必爬到樹上去摘，而且當你一口咬下去，汁液會從下巴流下來。還有在叢林裡有死去的敵軍的腐爛屍體，但我說的是我看到的、真正的叢林，不是他寫的那個……」

男孩聲音漸悄，住了嘴，心想：我的天啊，我在幹麼？竟然和大人這樣說話。喋喋不休，活像壞掉的唱片。我真的這麼做了嗎？她不可能知道這些事，可能也不會理解我想說什麼。她八成覺得我瘋了，我做得太過頭了，她會叫我馬上離開。

然而她在點頭。她只遲疑了片刻，但是對男孩而言，那片刻是一段無比漫長的時間。然後她問道：「這些都是書裡寫的嗎？」

她在聽，真的認真在聽。男孩搖搖頭。「不完全是。可是這本書讓我想到小時候在馬尼拉看見的事情，就好像……好像一個開口。就好像書把我的腦袋打開，讓它看見文字製造出來的其他圖像。」

他聽見她發出一個細小的聲音，一個很輕卻突然的呼吸聲。接著他看見她的下脣微微顫抖，但她用門牙咬住讓嘴脣不再微顫。她的眼中淚水迷濛，讓男孩不禁暗想：不會吧，她要哭了。但是她沒有，沒有真的哭，而是再次點頭，並用近似呢喃的輕柔聲音說：

「那真是太好了，不是嗎？」

故事

事情經過是這樣的：

讀第一本書所花的時間大約是兩個星期再減去一兩天。他笨拙地在書頁間來回切換，以確認自己沒有遺漏什麼。還書的時候他發現圖書管理員沒有說謊，真的不用錢。而且事實上，她又給了他另一本書。

這次這本是西部故事，講述一個男孩訓練一匹受過傷害的野馬，後來和馬兒成了朋友。他很喜歡這本書，儘管他對馬一無所知，但他畢竟還是有個前往西部當牛仔的小計畫。書中的馬是匹有著黑白毛色的花馬，名叫「斗篷」，會吃小男孩拿在手上餵牠的紅蘿蔔。

他原本不知道關於馬的事，現在知道了。

藉由閱讀。

這第二本書，他看得飛快。

總共有一百五十二頁。

只花了一個星期又一天，他就解決了這個大部頭。中間只跳回去兩三次查看前面的內容，以免漏掉了什麼。結果他發現其實並未漏掉太多，因此他猜想自己的閱讀能力愈來愈好了，同時也發覺可以從閱讀中知道更多，或許也能更有內涵。

不可思議。

他想要更多，就好像……什麼呢？口渴的感覺。好像他的大腦渴求知道更多事情，如同他口渴時想喝水一樣。他不只是想要更多，而且是非得到不可，就像需要水一樣。這就是書帶來的效應，讓你在知道了新事物之後還想要更多。

下一本書他花四天讀完，第四本三天，接下來一星期讀兩本，有時候三本。他乾渴的大腦汲取著知識之水，怎麼樣都喝不夠。在隆冬的某一天，他帶回管理員給他的一本歷史書（天哪，是歷史啊），他從頭到尾都看完，得知了名將卡斯特在一個叫做小巨角河的地方，被美國原住民夏安族與拉科塔蘇族打得落花流水。

作者寫得有點太寫實了，喚醒了男孩腦中一些在馬尼拉看見的景象。這些景象他都保存在大腦的小隔間裡，以免老是跑出來給他壓力。

他去還書的時候，管理員看出他有點心神不寧，便問他對這本書有什麼想法。他原本不想說，卻在不知不覺中開始對她說起，這本書會讓一些想像畫面從他不一定想打開的大腦隔間裡跑出來。他告訴她，他小時候在馬尼拉住過三年，看過一些事情但沒有談起過。

「什麼樣的事情？」

「灰塵，」他說：「熱氣、灰塵和噪音。很可怕的噪音。在馬尼拉，幾乎每天晚上都會聽到機關槍的射擊聲，聲音快得就像一大塊布被撕開。在小巨角一定也是這樣。」

有一會兒，他以為她會再問問題，會在他不想說話的時候強迫他開口。

不料她卻伸手從櫃臺下面拿出一本袖珍筆記簿，放到他面前，接著又從下面拿出一枝全新的黃色二號鉛筆。她把鉛筆放進削鉛筆機，轉動手把，然後將削尖的鉛筆放到筆記本上面，看著他。

「這是什麼？」男孩問道。

「給你的。」

「學校用的？」他又開始疑心她在耍花招——這一切說不定都是為了把他弄回學校。他們一再地抓到他，逼他回學校，但他會等到他們不注意的時候，溜之大吉，不見人影。他可不會因為一個親切的笑容就落入陷阱，不必了，多謝。

「不是的，」她搖著頭說：「文字的運作其實有兩種方式。一種是你讀了書，腦中出現畫面，這樣很有趣，也很重要。不過還有另外一面，另一種方式。你可以自己看、自己做、自己學習，然後看能不能寫下來，為別人製造一些腦中畫面，讓他們去看、去了解、去認識，去認識你……」

「誰啊？」有誰會想看他個人的文字圖像？誰會想了解或認識像他這樣一個滿頭亂髮、衣衫破舊又沒錢的醜小孩？他根本是無名小卒，只是個錯誤的小孩在錯誤的地方遇到錯誤的人在錯誤的時間做一堆錯誤的事。誰會在乎他和他要寫什麼？

「誰啊？」他又重複一次。「寫下來給誰看？」

「這個嘛……」她略一遲疑，抬頭看著窗戶片刻，望向金色光線，隨後重新低頭看向男孩。「比方說，我呀。你可以拿給我看。」

他當下呆愣住。

心想：她是個大人。

但她是個對他很好的大人，帶著誠心的溫暖笑容，教他如何充實腦袋，了解文字圖像的意涵，而且沒跟他要一毛錢，也沒有笑他，沒有以貌取人對待他——沒有當他是街頭流浪兒。也沒有像許多人那樣，把他拉到一邊「仔細打量」。

他轉身離開圖書館，未置一詞。直接轉身就走，來到天寒地凍的戶外，經由小巷回到地下室，坐上暖爐旁的舊椅子，還沒坐定就忽然發覺兩件事。

自從開始完整閱讀書本以來，這是他第一次沒有帶著書離開圖書館。

他帶走的是筆記本和鉛筆。

鉛筆是鮮豔的黃色，有如黃金，上面沒有齒痕，沒有刮痕，末端的橡皮擦完全沒用過。管理員替他削尖了鉛筆，但筆尖在口袋裡折斷了，於是他用自己的小刀小心翼翼地削好，放在椅子扶手上。看起來好乾淨又好新，他心想，這是一份禮物。

她送禮物給我。

然後他看著筆記本。本子末端用線圈固定，以藍色的硬紙板做為封面，還有以黑色墨水印的品牌名：「書寫」。他翻開封面，看見潔白紙面上有細細的藍線，數一數，共有十五條線。接著數頁數：三十頁。

這時他往後靠向椅背，注視著空白的第一頁。

紙頁在呼喚他。

彷彿在迫使他拿起鉛筆，在紙上寫點什麼，寫點字，他的字。

紙在等著。男孩覺得紙好像靜坐在那裡，在向他挑戰。來啊，自以為了不起的傢伙，寫個字啊，看你有沒有能耐。

他寫了一個字：鹿。

又大又矬的筆劃爬滿整張紙。他擦掉重寫，把字寫得小一點、緊密一點。這回他將鉛筆控制得較好，把字穩當地寫了下來，他也隨即知道自己會為了她說故事。

他會為圖書管理員說鹿的故事。

那是一頭年輕母鹿。

他在河流漩渦旁的露營地附近，看過牠在河邊飲水。當時是夏末時分，天氣炎熱，母鹿身上全是鹿蠅，男孩則靜靜坐著，看著牠因為被鹿蠅叮咬而生氣頓足。牠是那麼優雅而美麗，卻頓了頓前腳像在咒罵。

他知道那種感覺。鹿蠅除了叮鹿和其他動物，也會叮人。鹿蠅叮得很深，還會連帶咬下一小塊肉，讓傷口痛得像火燒，之後則會發癢，要是去抓就會流血。

他也會被那些鹿蠅惹惱，被咬的時候也會咒罵。

鹿蠅停在母鹿臉上，在牠眼角爬來爬去，於是牠用力把頭壓入水裡，搖晃著頭想趕走鹿蠅。可是等母鹿一抬頭，鹿蠅又再次大批聚集。牠氣急敗壞，抖動著前半身，整隻跳進水裡，並且嘩嘩地前後甩頭，被牠踢濺起的大片水花在午後陽光照映下，閃現出一道彩虹。

一隻母鹿站在驟然乍現的小彩虹中。

男孩屏住了呼吸，希望能讓這一刻延續，然而眼前的景色和彩虹的生成一樣轉瞬即逝。

回到乾燥的岸上後，母鹿看著他，彷彿在說：就在剛才那一會兒，鹿蠅沒來煩我。憑著那匆匆一眼，男孩認識了牠。在牠轉身跳躍開來但身後仍跟著一群鹿蠅之前，他認識了牠，然而不是認識一隻鹿，而是認識另一個人，一個朋友。

一個在森林裡才能見到的朋友。於是男孩闔上眼睛，試著記住牠的一點一滴：牠的眼神、牠移動的姿態、牠身上的紋路，如此一來，假如再次見到牠、當再次見到牠的時候，他便會認得。

他確實又見到那隻母鹿了。

只不過母鹿已死。獵鹿季節過後，男孩回到森林，踩著初雪穿過群樹，無意間發現母鹿側躺在地。不知哪個酒醉的白痴獵鹿人開槍沒射準，打中母鹿的肚子，而牠逃跑開來，獵人竟也由著牠去，甚至沒打算去找到牠，乾淨俐落地作個了結，結果母鹿爬進幾棵柳樹間，就這麼死了。

男孩在那裡發現牠，知道是牠，因為他已牢牢記住牠的一切，牠身上的每處斑紋、每處毛色，如今牠的生命卻結束了。他的朋友。雪落在牠眼裡，鮮紅的血以水霧狀從傷口向外擴散、凍結，在雪地裡形成一道怵目驚心的紅色彩虹。男孩暗想，天啊，牠為什麼非得是這種死法？看著鹿，他心中的感覺無可言喻。不是傷心，而是更甚於此，內心深處傷痛不已，彷彿中槍的是他自己。

他看過許多死去的人事物。

到酒吧搜刮醉漢的零錢以前，他經常會去醫院賣報紙，有時候會撞見剛死去的人。從銅的味道，紅銅混著酒精的味道，還有黯淡的白光就能知道。他在機關槍掃射後的馬尼拉看過死人，他們殘破的身軀倒地，姿勢像是被擺出來的一樣，像是線忽然斷裂而破損的傀儡木偶，而野雞會跑來啄食屍體。

可是他們都不……不什麼呢？不像母鹿生前那般優雅。被某個喝醉酒的獵鹿人射中肚子拋下後，牠被迫爬進柳樹間躲藏，孤獨地死去。

用傷心來形容他，根本差得遠了。

幾滴淚水灑下。他獨自跪在雪地裡，在鹿的屍體旁哭泣，試著回想牠生前每一個小小特點，以便記住牠那種模樣，活生生地、在河裡甩開鹿蠅的模樣，還有牠看他的眼神。

後來，一年之後，男孩拿著筆記本和黃色鉛筆這兩樣禮物，坐在地下室，為那個帶著溫暖笑容的圖書管理員寫下鹿的故事。他盡可能不遺漏任何一點細節，描寫出母鹿活著的時候與他發現牠屍體的時候是什麼樣子，還有馬尼拉的許多屍體……

他極盡所能寫出所有屬於他的文字圖像，再後來他也寫了排保齡球瓶與在農場工作的事，再更後來他又寫了自己謊報年齡和從軍的事，寫了結婚與離婚，還有升上中士的事，他也都寫了。

那一切他都寫了。

所有記得的事他都寫了。

他為那個帶著溫暖笑容的圖書管理員而寫，即使在她離開人世，他也多次搬新家、過著新的生活之後還是一樣，他依然隨身帶著藍色封面的筆記本和一根黃色鉛筆，將自己所見、所做、所能記得的事全寫下來。

始終都是為了那個帶著溫暖笑容的圖書管理員。

是她教會他如何讀完一整本書。

第五部

軍人

一九五七年

他也不太確定自己是從什麼時候開始覺得從軍會是解決問題之道。

這個決定完全禁不起理性分析，頂多只能說是錯綜複雜的分析過程，不管是最好或最壞的情況——通常是以後者為主。有很長一段時間，他的分析推斷到最後似乎都會演變成最壞情況，徹底地剪不斷理還亂。他知道軍隊是什麼樣，以前在馬尼拉也認識一些軍人，知道他們如何生活，以及如何死去（就某些例子而言），因此他對軍人的生活毫無幻想。一個人只要在叢林裡看過一次腐爛的軍人屍體，就會不再抱有幻想。可是……

可是不知怎地，從軍的念頭浮現了。

事情是這麼開始的：他十三歲，發現了書，一切起了變化。

到了十四歲，他前往西部的農場幹活，夢想當個牛仔賺大錢。這是他十四歲那年的心思：出發到外地賺大錢。

如果幸運在農場找到工作，他會一天賺兩三塊錢，就著釘在木板桌上的金屬派餅盤吃走味的食物，睡在庫房裡的麻布袋上，用手壓幫浦打水喝。等夏季結束，他便回到城裡，其實應該說是回到森林裡，同時到酒吧工作，在公寓大樓地下室裡挨著暖爐過活。地下室很溫暖，卻得和老鼠同住。

接著到了十五歲，他再度往西走，到更西邊、更遙遠的大西部，這次每天能賺四塊錢。夏日裡的某段時期，他在新鮮冷凍蔬菜工廠「鳥眼」工作，時薪一塊錢。機器每次會飛快地送出十個裝著玉米、青豆、四季豆的箱子，他要把箱子從輸送帶拉下來，拉向冷凍盤，然後再十箱、再十箱，把盤子推向冷凍庫，然後再十箱、再十箱……一天能賺到八塊錢的鉅款。午餐從販賣機買，用餐時間二十八分鐘，他會用一根小木匙吃著有嘔吐味的辣豆醬罐頭。罐頭裡是小團小團沒有融化的橘色油脂和黏糊糊的豆子，這樣就要花掉他一天大半的工資，還會讓他像鵝一樣一直大便，而且大便辣燙到簡直像屁股冒火，然後他會睡在離工廠不遠的矮樹叢裡，有如雲的蚊子作伴。

接著是十六歲，依然回到西部，也還是為了在農場或牧場工作，為了成為牛仔騎馬放牧，只不過這次他找到一份遊樂園的工作，還從一個名叫汪妲的女人那裡認識了人生……不，是生命。

但在那之前，甚至於在他一次又一次往西走與躲進森林之前，先有學校這個問題。學校，在他身上行不通，那些讀書、交朋友、和同學乖乖玩耍、準時做功課等等概念，對他就是不適用。很像在圓孔裡釘方釘的感覺。

到後來，他適應不良的問題愈來愈大，漸漸演變成對立局面。他逃跑，他們就來追，有時帶著警察，努力再努力地想把他塑造成他自覺永遠做不到的樣子，強迫他融入。

就是給我**融入**。

只要搥得夠用力，方釘遲早會令人難以置信地釘入那個圓洞。警察會帶他去學校，拖著他進校舍，把他交給校方，讓他們開始把他搥入錯誤形狀的洞裡。

他看了太多、經歷太多、做過太多了，心裡總是暗想：你們在說什麼？穿著？女生？運動？他甚至一想到要玩那些遊戲就打哆嗦。他從來沒有像樣的衣服，就算有也不會知道該怎麼穿。他在充斥著軍人與妓女的馬尼拉街道遊蕩了成千上百個夜晚，因為看到也聽到太多次了，以至於和學校女生在一起的時候，完全沒有近似浪漫的感覺。他也覺得所有的運動都很蠢。如果你看過一個孩子跑向圍籬，試圖翻爬過去突襲軍營，只為了找東西吃，卻在上帝與全世界面前被機關槍射成兩半，打籃球便顯得愚不可及。

也許，他暗忖，他就是在這個時候開始覺得軍隊是唯一適合他的地方。

但在那之前，當學校變成負擔，接著變成過重的負擔時，他只能選擇逃跑、離開。重寫外婆的哲學：要是討厭「這邊」，就到「那邊」去。

他會躲進森林裡去，因為若是留在城裡，有時候他們就會找到他、帶他回去、對他說重話。可是到頭來，還是行不通。到頭來，就真的是到頭了。

當他前瞻自己的人生時，完全看不到與學校的關聯，只有工作和拚命地活過每一天，當然還有森林。

而圖書館永遠都在，還有書，更多更多的書。等到他滿十六歲時，讀起書來已猶如狼吞虎嚥。他一本接著一本貪婪地閱讀，學習知識，但那只是讓他離學校更遠。

圖書管理員溫柔、和善地引導他接觸新種類的書，並開始讓他閱讀歷史。有一本是關於拿破崙與他手下的士兵，還有他們去侵略俄羅斯終致失敗的瘋狂企圖。那場戰役中，數萬人在寒冷無比的俄羅斯冬天裡餓死，還有更多人是凍死的，整支軍隊幾乎全軍覆沒。

結果同一時間學校也正好在教拿破崙，老師（其實是假裝成老師的足球教練，粗脖子、沒腦筋）講到拿破崙遠征埃及，並點名男孩說說他們遇到什麼困境。男孩當時正在讀冬季的俄羅斯戰役，誤解了老師的問題（他也有點口齒不清），便回答說最大的問題是士兵凍死。

老師毫不留情指出他的錯誤：沒有人會在埃及凍死。他刻意揶揄男孩，直到全班都跟著嘲笑他。笨學生，軍隊在埃及挨凍，你到底有多蠢啊？男孩本來就老是徘徊於徹底脫離社會的邊緣，老師和同學的嘲弄只是把他推得更加遠離學校，遠離任何一種社會認同。

所以他進入了森林。圖書館和圖書管理員是他的朋友，他會到那裡去增長知識、增長自我，而森林則變成他的客廳，他生活的地方。至於學校，所有與學校相關的都是灰暗、死沉的事物，很可能奪走他的……他的一切。

接著到了十六歲。

他再度往西走，但時間有點太早，找不到農場工作，因為田地還太溼無法耕作。他手邊有點錢，便住在一座小鎮邊上廢棄的老舊建築，等候工作機會來臨。餐食吃沙丁魚配餅乾，每天兩頓，一天的餐費是六十分錢。附近空地上有一個舊的手壓幫浦，所以水不用用錢。

艱苦地生活了幾個星期後，他幾乎就要放棄，準備回到森林裡度過夏天，沒想到這時卻有個巡迴遊樂園來到鎮上。他跑去看有沒有打工的機會，順利找到了一個幫忙搭建遊樂設施的工作，一天有五塊錢。後來這個「瘋狂搖搖樂」設施的老闆（名叫塔克）便僱用他整個夏天。

一天五塊錢，一個星期就有三十五塊錢，他實在不敢相信自己能賺這麼多錢。一個月一百四十塊。就算花一點零錢去小攤車買放了一整天的熱狗和扁塌的懶人三明治，剩下的錢也還是比他在牧場或農場每天賺三塊錢來得多。他會發財。他不在乎晚上只能睡在貨車座位上。塔克教他如何操作瘋狂搖搖樂的控制桿，讓零錢從那些鄉巴佬寬鬆的吊帶褲口袋裡掉出來。以偷錢來說，這些鄉巴佬是比北光酒館裡的醉漢更好的目標，更容易偷到，又比較不容易像被醉漢發現他在掃零錢時一樣挨揍，因為坐完搖搖樂的鄉巴佬大多都吐得東倒西歪。所以除了五塊錢工資，每天也許還能多賺個兩三塊錢。

真的是扎扎實實賺大錢。

另外還有汪妲，她是塔克的老婆，一頭金髮、上了年紀，但又不是太老。她是穿插表演節目中的舞孃，每次露一點肉體給鄉巴佬看。男孩（他自己也是鄉巴佬）不止一次溜進去偷看。

不料後來塔克逮到手下一名員工和汪妲在一起，他當時有點醉意，兩人於是拿刀互砍。接著警察來了，他們發現男孩是個逃家的孩子、離家出走的孩子，一下子就把他拘留了。不是逮捕，而是被警察帶著回家，一下子又回到學校來，所以他沒有被逮捕，但還是進了監牢。

至少暫時是如此，他會安分地待著，直到他能溜之大吉躲進森林，直到所有人都不再注意他，而只要他們的目光從他身上轉移開一分鐘以上，他就能再次逃跑。

只不過現在的他一天到晚看書，他從圖書館和圖書管理員那裡知道了一些事情，最重要的是，總有一天他不會只是現在這樣，而會做更多事、變成更重要的人。他不希望自己後半輩子都是個拚死拚活的苦力，而這時候，就在這時候，政府插手了。

州政府已經厭倦追著一天到晚逃學逃家的他到處跑，於是接手將他送到某個社工／諮商師／幫倒忙的好心人那裡。他們叫他非去不可，否則會被送進「收容所」，被拘留在那裡將會比他為塔克工作後遭拘留（而非逮捕）並遣送回學校更糟。那個地方叫作「默菲男童之家」，每天晚上肯定會把你鎖得牢牢的。

諮商師讓他隔著一張灰色桌子坐下，替他倒了一杯濃稠到能讓湯匙直立不倒的咖啡，接著往後坐靠著椅背，用被尼古丁染黃的手指點一根菸，說道：「你的人生差不多都浪費掉了。」

男孩沒有吭聲，只是坐著。

「你想要改變嗎？」

你要我怎麼做？男孩心想。去找耶穌嗎？去上學找耶穌嗎？去上學，當個乖孩子，住在不錯的家庭裡，然後找到耶穌？或者他心裡有其他不一樣的童話？也許是發現一盞神燈，擦一擦，得到三個許願的機會，然後找到耶穌？拜託。桌子對面的這個男人厚實得像塊橡木板，男孩暗笑著心想：好像可以把他鋸開，用他的屁股做一張圖書館的書桌。

他還是一聲不吭，因為這個男人沒有什麼可以給他。他會坐在那裡，等這個木頭人把話講完，然後盡快離開，一走出去就閃人，一如既往。

「所以……」諮商師深深地吸了口菸，男孩不禁暗想自己是否也應該開始抽菸。看起來很酷，而且抽菸可能會讓他顯得成熟些，就可以假裝成……假裝成什麼？假裝成年紀大一點的人。諮商師又吸了一口長菸。或許真的就像收音機廣告說的：鴻運香菸頂呱呱——就連聽起來都很酷。

「所以，照現在的情況看來，你會被學校當掉。州政府為那些在普通學校念不下去的人設計了一個新學制，叫做職業訓練班。這樣一來，即使傳統學校不適合你，你還是可以學個一技之長。你有兩個選擇，一個是當汽車技工，一個是電視修理工，你自己挑。學校會讓你直接升上十二年級，但你不必再上普通高中，而是去上其中一個職業班，每星期上五天課。如果連續缺席三天，你就直接退學，到默菲之家去。」

就是那一刻改變了他，改變了一切。

之前他和一個名叫李歐、十分熱中於火腿電臺的男孩交上朋友，男孩發現自己對於火腿族的一切也很感興趣。李歐在他房間外面的偶極天線接了一個三十瓦的小發射機，並幫助男孩利用零件做了一個有助於學習摩斯密碼的小振盪器。當遠距通訊的訊號出現時，他們倆會坐上幾個小時，以暗號跟全世界的人交談，有時候甚至遠達俄國，那裡禁止使用無線電，更遑論與其他國家的人通訊……如果一再反覆詢問回答同樣的問題「你在哪裡？」也算是通訊的話。

男孩想過，假如有一天真能找到地方安頓下來，他會去考業餘執照，從事無線電通信工作。在那之前，他會去找李歐，盡可能學習關於業餘無線電的知識，還有電子學和電視的知識。當時電視剛開始進入民間，顯得又怪異又神奇——人們覺得射出一道電子束讓螢幕上出現畫面，而且還是會動的畫面，似乎是不可能的事。

而這個男人，這個手指被尼古丁染色、牙齒發黃的男人，正在給他學習電視相關知識和電子學的機會。這些知識能讓他知道電視如何運作，以及那些看似神奇的事物又是如何發生。

「我想要……」男孩說：「修理電視。」

「並且會遵守前述規定？」

男孩暗忖，沒有人會一本正經地說「前述規定」之類的字眼，不過男人臉上並無笑意。

男孩點點頭。「當然。」

「缺席三天就退學。」

他又點頭。「當然。」

就這麼辦了。一如男人所說。就讀十一年級的他快要被退學時，州政府插手了，他可以升上十二年級，只是有個「但書」（這是他們的用詞，不是他的）：他必須專心一致，用功學習修理電視的技能，不要成為「社會的負擔」。這又是他們的用詞。他並不想和社會有任何瓜葛，連成為負擔也不想。因此他不斷地點頭微笑，盡全力學習關於歐姆定律與真空管（這比電晶體和矽控整流器早得多）的作用與電視究竟如何運作。即使在他知道並了解電視以後，這整件事仍始終讓他感到神奇——拍下一個人的影像，將影像分解，透過無線電波束投射到另一個地方，重現那人的影像。

太神奇了。

而且他深愛不已。一面鉅細靡遺地品嘗體會，一面又如飢似渴地想知道更多，他想了解這一切的運作模式，想確實**知道**與這件新物事有關的一切。雖然當時他並未察覺，後來卻發現到這番以技術打底的知識，深深影響了他的後半人生。

然而，同一時間，平常的生活仍繼續著。他仍然得賺到足夠的生活費。除了平常到酒吧幹活和排球瓶（現在因為年紀較長，多半負責聯賽），他還多了一份設陷阱的工作。他會用繩索做圈套抓貂，偶爾會抓到一隻浣熊或兩三隻狐狸。如果抓到兔子，他就會用原先是十分錢、而後是兩毛半的價錢，賣給貂農做餵貂的食物。

他每天除了上學以外，還要花好幾個小時做這些辛苦工作。但儘管每天早上要去查看陷阱，每天晚上要排球瓶或清理酒吧，他從未蹺過一天課。

他的學業始終沒有太大的進展。每天要做的事幾乎讓他疲於奔命，經過漫長疲傯的一天後，到了晚上，他總是一跌坐在地下室的安樂椅或是一爬上汽車後座，就立刻不省人事。

除此之外，他也開始對女生感興趣了。他不太了解她們，唯一的認識就是在巡迴遊樂園裡從汪妲身上瞥見的那一丁點，這當然無助於他與高中女生的交往。最後他終於鼓起勇氣向一個女孩提出約會邀請，但她上下打量他一番後，說道：「跟你？」隨即撇撇嘴冷笑一聲，事情到此結束。他倒是略感鬆了口氣，反正他也負擔不起什麼像樣的約會。

時間對他來說似乎永遠都不夠。他又重新回到人世間，重回他的舊世界，在這裡他需要巷弄與圖書館來遠離年紀較大的孩子的霸凌。在上學與早晚不停忙碌之餘，他已無暇周到地留意自己的安全。有一天，他正要穿越鐵路調車場，前往森林查看陷阱，卻在空曠處被他們逮個正著。

有個名叫班尼的大孩子在一間設備倉庫旁攔住他，朝他揮來一拳，男孩急忙閃躲，但還是被打中肩膀。接著又一拳揮來，或者該說是正要揮來。

不過這回情況不同了。

大大不同。

男孩已經變得較強壯、較難纏、較敏捷，而且在某些方面也較卑鄙。

他現在占了上風。

在遊樂園，有幾個和他一起工作的男人有另一種生活經歷。他們坐過牢，在牢裡練就了一身打架的本領，並且將這些知識帶到了遊樂園來。男孩不只開始梳起鴨尾頭、剪掉Levi's牛仔褲的褲耳、穿工程靴，如今還知道如何讓自己的思考方式與舉手投足都和遊樂園的那些男人一樣。

遊樂園的男人會喝一點啤酒、小啜一兩口威士忌，想當然耳，晚上遊樂園關閉後，接下來會發生的事自然就是打架。不過其中有個人又瘦又小、牙齒幾乎一顆不剩，身上滿是粗俗的監獄刺青，他名叫比利，好像從來不必打架就能輕輕鬆鬆從酒氣與火氣當中脫身。可能會有人在兩杯啤酒下肚、小啜幾口威士忌後，朝比利看過來，但他只要發出聲音，發出野獸般的咆哮聲，誰也不敢動他。他們可能有想過要教訓他一下，但一瞥見他咆哮後的臉色，每個人就都打消了念頭，不敢去惹他。只要對比利挑釁過一次，絕對不會再試一次引他揮拳。

有一天，男孩兩手扶著木樁，讓比利掄著五公斤半的大槌將鋼製車軸槌入土裡，好幫塔克搭起表演秀的帳棚。比利從未失手過，從未讓大槌打到男孩的手。男孩亦十分小心，總會在槌子槌向車軸時，算準時機抽手。但無論如何，只要稍有差錯，槌子還是很可能會打歪。

比利揮槌時，男孩仔細端詳他手臂的刺青。兩條臂膀上各有幾條藍蛇裹住一名裸女，藍蛇好像會動，隨著皮膚底下肌肉的動作而纏得更緊，看起來強而有力又非常迅速，於是他注視著比利的臉說：「為什麼你從來不打架？」

這算是探人隱私的問題，比利吸吐了一口氣，接著又一口，呆望向遠處。男孩不確定他會不會回答，心想：天啊，希望我沒惹他生氣。然後比利聳聳肩，伸展雙臂（纏著女人的藍蛇快速地捲起又鬆開），說道：「我不用打架。」

男孩心想，既然問了乾脆問到底。「為什麼？」

這回比利聳肩說：「我在監獄裡學到的。」

男孩等著他說下去。

「我很瘦小，以前很瘦小。很多人，很多男人，都想搞我、打我、利用我、偷我東西。我讓他們住手了。」

男孩點點頭。「我看見過。他們本來已經打算對你動手，後來又改變心意。為什麼會那樣？他們為什麼會放棄？」

「我的眼神。這是祕密。」他的目光從男孩身上移開，再次望向遠方，也許回到從前。

「什麼祕密？」男孩想到那些大男孩，想到他們如何逼他逃命，逼他在黑暗的巷弄裡躲藏與移動。要是有辦法……

「要猜到也沒那麼困難。」比利半帶微笑，露出缺了一顆牙的洞。「你得隨時準備好要傷人。不管他們對你做什麼，當他們在痛打你的時候，你就得做好準備，一定要全心全意準備好傷害他們的某個部分。譬如咬掉鼻子的一塊肉、撕裂一隻耳朵、使盡吃奶的力氣踢他們的老二，總之要讓他們真的覺得痛，那麼下次他們想惹你的時候，想起了那種感覺，自然就會放棄。不用多久，你的眼神就會流露出來，能讓別人看出你會不顧一切地拚命，就算從來沒跟你交過手的人也會在動手前猶豫、退卻。就好像他們能嗅得出來，嗅得出你很危險。」

男孩學到了。他從早到晚在農場上艱困地工作，睡得艱困、吃得艱困，到最後也在艱困的環境中變堅強。就像皮革經鞣製而變硬，他的皮膚感覺也變厚了，厚皮底下肌肉盤繞。除了自身強壯起來，他還吸收了比利所傳授的、一切來自堪稱全世界最艱困環境「監獄」的知識。

被班尼逼困在鐵路設備倉庫裡的男孩已不算是男孩，雖然尚未長成日後長大成人的模樣，他卻已經不再害怕。

他現在已經有如繩鞭一樣強韌，體內緊繃得有如受壓的彈簧即將爆裂，雖然班尼看不出來，但其實男孩已經變得危險，不會是你想要把他困在設備倉庫裡的人。

男孩想也沒想（他確實沒有事先計畫），一把抓住班尼的腰帶和襯衫領子，舉到半空中再往下拽，讓他仰躺在地，然後用一隻膝蓋跪壓住他的胸口。

用力往下壓。

男孩聽見氣體從他身體兩端逸出的聲音。

班尼的眼睛緊閉，隨即又睜大如茶碟，因為怎麼樣都吸不到氣，一點也吸不到。他們兩人都感到驚訝，男孩更是微笑俯視著班尼的臉。

班尼臉上甚至沒有生氣的表情，像隻只是有待訓練的溫順惡犬。本以為他會咬人，後來他卻又改變心意。

「以後不會了，對吧？」男孩平靜地說，但是看見班尼沒有立刻點頭，他的膝蓋又狠狠撞下來，並稍微更用力地使勁，又說了一次：「以後不會了吧。」

這回班尼點點頭，仍然還試著想吸氣，而男孩往後一站，轉身走開，留下躺在地上大口喘息的班尼，頭也不回。

看著前方，他試圖了解剛才發生了什麼事、有什麼改變了。不，應該是有什麼需要改變，因為如今的他已不同往日，不再是以前那個男孩，而且多少可以說已經不再是男孩了。他已是另外一種狀態，變成了另外一種狀態。

還不算是男人，但他有了希望。他十六歲，將近十七歲，想法卻仍像個孩子。然而他知道另一個重要關頭即將來臨，他必須做好準備，不再去想一些雞毛蒜皮的小事，要專注於較大的格局。要準備好，該好好學習如何真正的長大了。

那個念頭也就在此時固化成形：

從軍。

RA27378338

男孩很確定到科羅拉多泉車站來接人的那個中士不太有人味，而且他不是一個人，另外有兩名下士和一名上等兵跟著他。他們四人：葛林姆中士、費茲與傑克森下士以及上等兵耶羅，全都不太有人味。

他們四人似乎都是以同一種材料製造而成，而那材料讓他們顯得……男孩一時想不出適當字眼——「密不透風」，對了，就是「密不透風」。他們好像憑藉著這種材質，無論多淡薄的人性特質都得以免除，不會感覺到痛苦、喜樂、愛與哀愁。冷酷無情到失去了人樣、有如石頭的他們，對著火車上仍身穿平民服裝的新兵大聲喝令，口氣粗暴，出言不遜，每句話都又快又短，彷彿被手術刀切成一段一段。

「不許說話！」

「下車，死老百姓！」

「排成一排，死老百姓！」

「聽到自己名字就喊『到，長官』，死老百姓！」

當時是九月底，在寒冷凌晨的兩點鐘，一班列車從北達科他州的法戈市來到科羅拉多泉市。車上有四十個人，大概有一半是服役兩年的徵召兵，這些人壓根兒就不想來，而另一半則是像男孩一樣簽約三年的志願兵。火車到站時，大夥兒都還在座位上睡覺，因此聽到下車命令時，很多人都來不及去上廁所。然而點名結束後，他們仍奉命排隊站立，因為發現少了一個人，兩名下士又回到車上去找，結果發現那人還在睡，便抓住他，邊踢邊罵地把他拖下車，丟進隊伍當中。

接著長官下令要他們向右轉，大約有三分之一的人向左轉而受到糾正，也就是臭罵加上體罰。然後眾人聽命行進前往橄欖綠巴士停放處，擠上車去，搭乘一小段路來到科羅拉多州的卡森堡。

他入伍至今六天。

入伍之前的過程倒是簡單得很。就讀職業班讓他大大加分，高中校方答應讓他畢業，還頒給他畢業證書──他父母親沒出席，沒有人在乎他或替他鼓掌。不過除了精通電子設備、能夠修理電視排除故障之外，學校對他而言依然毫無意義。

他剛滿十七歲，只要有家長同意書就能報名入伍。畢業隔天早上，他帶著假造父親簽名的同意書去找負責招募的中士軍官，宣誓入伍，隨後接到通知，要在兩天後到法戈車站報到，搭火車前往科羅拉多州。

到了車站，共有二十六個人正在等候被送往卡森堡，其中約莫有一半是志願的年輕人，另一半則是年紀較大的徵召兵。年輕人絕大多數都充滿熱忱，迫不及待想從軍，而徵召兵則是對於自己不得不來憤怒不已，無一人例外。這當中有幾個人可能是因為惹惱了徵兵委員，或者根本就是獲准以服兵役代替坐牢的罪犯，個個頑劣無比。

在某個只能稱為荒謬錯誤的時刻，招募官竟然讓男孩負責管理這些人。男孩拒絕了，但招募官說既然他有軍事背景（他知道男孩待過馬尼拉，也知道男孩父親曾經是軍官），那麼他就是擔任該職務的最佳人選，何況只是負責前往科羅拉多州的過夜火車車程。他要做的只不過就是掌握他們的證件與徵集令，這會出什麼差錯？

可是這趟理當只過一夜的火車車程卻變成了三天兩夜。由於時間安排的錯誤，這節車廂被分離開來，在奧馬哈牲畜圍場內的一段支線鐵道上停留了一天半。他們吃的是腐壞的食物，包括半發霉的麵包和五顏六色、外面裹著綠色芥末的波隆那香腸。一開始，大夥兒會把三明治丟掉，但最後實在飢餓難耐，也顧不得食物外觀還是吃了。反正鐵軌兩側有數百頭牛等著被送上貨運列車，味道奇濃無比，食物吃起來本來就有牛糞味。

第二天情況變得更嚴峻，那些人（尤其是違背自己意願被徵召的人）氣憤反抗，威脅說要從車廂逃跑，然而尚未長成男子漢的男孩也很難安撫他們的情緒。他沒有人可以聯絡，而附近唯一一棟有人跡的建築是一間髒兮兮的圍場酒吧，店門口不知放著什麼，看起來像躺了一具死屍。酒吧名叫「溜貨槽」，漆寫在灰色木板上的店名筆劃斷斷續續，字跡粗劣。其中一名徵召兵趁隙逃走、快速奔進酒吧，卻在踏入店內的瞬間就馬上從前門被丟出來（這敘述絕不誇張），並對於自己能安然無恙回到車廂感激涕零。

二十來個男人吃了他們分到恐怖午餐盒後吃剩亂扔的食物，隨後車廂尾端的馬桶很快就滿到溢出來，散發的惡臭跟牛糞的臭味混在一起。到最後，只有一個事實讓他們繼續待在一起，那就是尚未長成男人的男孩手裡握有他們裝在牛皮紙袋裡的徵召令做為「紙質」。他們若是無法取得並掌控自己的文件，就可能被舉發進而遭到逮捕。如今依法他們已是軍隊的一部分，逃離軍隊是重罪，他們得到的警告是逃兵至少得在利芬沃斯聯邦監獄關兩年。

何況，他們正身處於一大片臭氣薰天、深及膝蓋的牛糞當中，根本無處可逃。

經過兩個晚上，到了第三天很晚的時候，錯誤終於被發現，他們的車廂才被加掛到一班客運列車後方（他們被當成痲瘋患者對待，禁止離開原來車廂，以免害其他乘客生病），一路直達科羅拉多泉站。凌晨兩點抵達時，他們置身在濃烈到令人反胃的糞便與嘔吐物氣味中，一個個臭氣翻騰，並且飢渴交迫、痛苦難耐。

又碰上不太有人味的中士與幹部來接人。

歡迎入伍，男孩默默暗想。部隊迎新兵的慣例（這是一般老百姓從未見過也不理解的），就是有計畫地企圖摧毀他們原先平民身分與生活的任何一絲痕跡，並以軍人的思想、生活與存在方式重新加以塑造。

雖然這和男孩對自己人生的期待相互吻合，可以消弭所有爛事，改變一切，但從許多方面看來，這種做法仍屬粗暴。

搭上巴士沒多久就到了卡森堡。凌晨四點，他們被推進較老舊的木造營房之一，裡面擺滿六十張以線狀彈簧與未鋪床單的床墊所組成的床鋪。

所有人往床墊上一倒，立刻不省人事，衣服也沒脫，身上依然臭烘烘，直到兩個小時後，才硬是被耶羅拿可樂玻璃瓶敲著金屬垃圾空桶內緣的震天響聲給吵醒。他命令那些站得起來的人把睡不醒的人拖下床，拖出去營房前面列隊站好。

經過類似點名的過程後（期間有些人幾乎是站著睡覺，不然就是互相斜靠），他們被推著走向一間小食堂（若說他們是行進，聽起來未免也太有秩序）。在那裡，他們每人分到一根湯匙（有個人說大得像鏟子）、一坨用金屬盤裝的蛋粉炒蛋，還有半杯水水的褐色玩意兒，只有受騙上當的樂天派才會說那是蘋果醬。另外還有兩片乾吐司和用玻璃纖維杯裝著的黑漆漆咖啡，而所有東西都必須在四分半鐘內吃喝完畢。同一時間，在旁監看的幹部向他們解釋在部隊裡浪費食物是犯罪行為，如果用湯匙刮再用麵包抹，還是不能把盤子裡剩下的食物全部吃光，就得用舌頭舔乾淨。有兩個徵召兵不信邪，結果臉就被強按到盤子上，直到他們舔得一乾二淨為止。一整天下來，他們臉上始終留著蘋果醬的褐色汙漬。

然後他們到外面去，繼續被推著走，同時展開毀滅與重建的過程，葛林姆中士說這就是他們的「軍伍生涯」。

首先來到已經改為儲藏庫的木造補給營房。脫去包括內褲在內的平民服裝，全塞進紙袋裡，紙袋側面用粗劣字跡寫著他們的名字和兵籍號碼。然後光著身子進淋浴間沖冷水澡。接著到另一處補給庫房領取堆得跟天一樣高的制服，幹部會給你兩分鐘穿上內衣褲和迷彩服（每一件都大得誇張）。沖澡更衣後，他們又被帶到另一棟建築，裡面全是厚重的黑色戰鬥靴，幹部會再給你兩分鐘穿上橄欖綠毛襪和靴子。

然後，再然後，再然後……

他們到處不斷地跑。不是慢跑，而是真跑，要是跌倒或脫隊，就得就地做一百下伏地挺身或一百下仰臥起坐，幹部會在你耳邊大吼，而當你做不到的時候（沒有假如，你就是做不到），還會再加罰一百下伏地挺身。

要跑到另一棟建築，讓理髮師理光頭，然後再跑出去前往另一棟建築，那裡會有個男人拿木製壓舌板先檢查你的嘴巴、牙齒和舌頭，接著還是用同一根壓舌板檢查你的睪丸和肛門。

看你有沒有性傳染病或陰蝨。假如軍人得性病，將會以「損毀政府財產」的罪名遭到起訴，送進監獄。

接下來踉踉蹌蹌地盲目奔向下一棟，那裡有醫生拿著針筒等候注射疫苗，兩隻手臂都要。再回到外面，跑回另一棟建築拿一條毯子、兩條床單、一個枕頭和枕頭套。接著再跑到營房鋪床，兩分鐘，床單折角要跟醫院的折法一樣，毛毯上印的碩大「U.S.」字樣要擺在床的正中央。跑到食堂吃一個扁塌的懶人漢堡，有人發誓說那味道很像炸貓肉；外加四根（不信你來數）燒焦的薯條，吃起來有如受到腐臭豬油的侵害；甜點還是那黑黑水水的蘋果醬，還有無所不在的黑咖啡，全部要在四分鐘內解決，而且必須刮得或是舔得乾乾淨淨。然後再次跑回外面，排好隊跑著去上第一堂課：「軍人禮節」。大夥兒坐在泥土地上，看著一名下士在黑板上畫出立正的示意圖：手指貼在迷彩褲外側縫線上，脖子和下巴緊繃收緊。還有學習如何敬禮，如何證明你能分辨左右手。你必須舉起手來實際證明：「這是我的右手。這是我的左手。」由於筋疲力竭的情形全然無可避免，假如你中途睡著（有幾個人就倒在地上睡死了），就得爬起來繞著坐在地上的眾人跑，一面保持清醒一面學習奧妙的軍人禮節。

跑步對大多數人而言是噩夢一場。有些徵召兵來自紐約市，那裡的海拔高度大概只有六公尺，而落磯山脈腳下的卡森堡卻是位在海拔一千八百公尺。若是有人來自海拔高度低得多的地方，可能會覺得這裡的空氣幾乎稀薄到難以呼吸。然而，對於冷酷到令人無法置信又身強體壯的軍隊幹部而言，同情二字並不存在，他們會面對某個新兵**倒著**跑，一面吼著口令。東部來的新兵幾乎就要撐不下去，但仍然得跑。

不停地跑。

除了不管去哪都必須用跑的之外，更慘的是跑步時還要穿包得密不通風、高筒厚底又沉重的硬皮戰鬥靴。每隻靴子有半公斤重，使得新兵都必須忍著起水泡的疼痛奔跑，跑起來砰咚砰咚的活像科學怪人。跑步的人一個個像蒼蠅墜落一樣倒在路邊昏迷不醒，有些人嘴邊流著血，鼻孔還流出摻雜血絲的鼻涕。而他們也沒有被丟在那裡不管，其他新兵必須扶起他們，拖拉著跑向下一處。四點要到食堂吃通心粉，醬汁主要是用番茄醬做成，另外還有黑咖啡和兩片乾麵包。

一天結束後，他們回到營房。

回家。

衣服完全沒脫就直接倒到床上。有幾個人甚至一進門就倒地不起，昏厥過去。不過幾乎每個人都覺得自己快死了，就地直接陷入類似昏迷狀態的睡夢中。

男孩一直以來過的都是比較需要體力的生活，經常在農場幹活、排球瓶、在森林裡打獵捕魚，所以能撐到回床上才閉上眼睛。他聽見周圍有些人在黑暗中輕輕啜泣，而且至少有一個人想要找媽媽。

這就是在美國軍隊中，當所謂現役軍人的第一天。

次日清晨四點，他們被可樂瓶敲打垃圾桶的空隆匡啷聲吵醒，四分鐘著裝，再四分鐘盥洗完畢，然後穿著迷彩服與厚重戰鬥靴到連內通道上集合，準備展開第一次的一．五公里跑步訓練。一星期後會增加為三公里，再過一星期增至五公里。但現在才第二天，大多數人都是腳步蹣跚地跑完這一．五公里，不停地乾咳、擤鼻涕、氣喘如牛，連罵人的力氣都沒有，幹部則是在他們旁邊倒退著跑，朝著食堂去。

早餐又是蛋粉炒蛋，上面放了炸薯條，還有黑色蘋果醬和兩片吐司，吐司上面有一小塊珍貴無比的奶油。

四分鐘內囫圇吞下食物，灌下咖啡，然後到外面列隊跑到一處操練場，做一個小時的健身操，也就是一連串的跳躍、蹲踞、伏地挺身、仰臥起坐，不停交叉重複之後是：休息——到了此時簡直不敢置信。

整整十分鐘，可以坐在地上，可以在朝陽下躺下來，可以腦袋放空，可以哭。

然後起身跑去上下一堂課，盤腿坐在土地上，上歷史和所謂的「使命宣言」。清醒。

醒一醒，清醒點，死老百姓！

那是來自教官單調低沉的聲音，他是個軍官，年紀輕輕的少尉，比新兵其實大不了多少。

「在二次大戰與韓戰期間，我們發現只有百分之五的步兵會真正對敵人開槍。」軍官說話時非常平板，沒有起伏，事後有個愛說笑的同袍說那聲調比麻藥奴佛卡因還致命。「你們是第一批接受所謂『射擊訓練』這種新式軍事訓練的士兵。你們會使用同樣的步槍，也就是M－1加蘭德步槍，點三〇口徑氣動式半自動肩射武器，但以前射的是圓形標靶，而你們的槍一旦瞄準，就只會射向黑色人形板，如果射中了，人形板就會旋轉墜落。」

男孩暗忖，這些人多半從未見過步槍，更別提開槍了。男孩自己則見過數百枝槍。現在在他面前的這枝步槍和馬尼拉的軍人所用款式相同，發射的子彈也和那些機關槍一樣。當時地上到處都是發射過後的點三〇空彈殼，可以說是數以千計，隨便一踢都能踢起一堆銅彈殼如水花般射出。而且他看過開槍的景象，對著人開的槍。

課程結束，他們跑到另一個操練場，接下來一個小時的課有個婉轉的名稱叫「制式教練」。行步操（他們還是走得踉踉蹌蹌），再度練習分辨左右，免得他們忘了（有些人顯然是忘了沒錯），然後繼續來回操步，每當有人落隊就會被推擠回隊伍中，操練結束後，開始跑步……
拚命跑步。
跑回食堂吃午飯，有烤起司吐司配番茄湯，湯裡漂浮著不明塊狀物，外加黑黑水水的蘋果醬（這餐比較多，滿滿一杯）當甜點，還有另一樣珍貴寶物，不是黑咖啡，而是有著淡淡香氣的甜檸檬水裝在玻璃纖維杯中。所有東西要在四五分鐘內吃喝完。他們會說「給你們十分鐘，但要當成五分鐘，而實際上可能是兩分鐘」。
然後跑回操練場繼續演練制式教練的踉蹌步操，然後再跑回另一棟建築。他們排隊進去後，竟然在桌前坐下來，開始作軍人智能測驗，真是奇蹟中的奇蹟。
問題：如果所有的馬都是狗，而且沒有一隻狗是魚，那麼是否有任何一條魚可能是馬？
問題：如果一列時速九十六公里的火車距離克里夫蘭九十六公里，那麼火車需要多長時間抵達克里夫蘭？
問題：收音機如何運作？
問題：歐姆定律有何用途？
答題結果是用來確認新兵有無數理思考能力，能不能符合全新高科技軍隊的資格條件，該部隊除了使用步槍與刺刀，還會使用飛彈與雷達與電腦與核子彈頭殺人。

由於男孩上過電視維修課程也玩過火腿電臺，因此以優異成績通過了技術測驗。

「你啊，」監考的少尉對男孩說：「你是新高科技部隊的春夢。我幾乎可以打包票，你會被保送去上更高深、更先進的技術課程。」

但首先要……

啊，可不是嘛。在軍隊裡總是會有但書。

但首先要學會正確踏步行進、正確站立，還要學會用步槍、刺刀、手榴彈、鋼絲、刀子、手斧、火焰噴射器、迫擊砲、大砲、機關槍、無後座力砲、火箭筒，甚至於是用鏟子正確地殺人——老天哪，你得用鏟子尖銳的側邊揮砍敵人的頸背。

在接下來的數個星期、數個月當中，男孩學會了這些事，而且技術高超到晉升為小隊長，並獲頒一枚「特等」勛章。

他成了擅長殺人的特等射手，一開槍就會看見黑色人形旋轉墜落。

旋轉、墜落。

他在馬尼拉從未見過這種景象。只看過人被子彈擊中時彎下身子，噴出一片紅霧。看過人被機關槍轟擊後往後彈飛。看過人被子彈連續掃射後，立即血肉橫飛，像一塊爛肉掉在地上。

從未見過他們旋轉墜落。

當他終於完成基礎戰鬥訓練時，他已經變了一個人。他知道自己不同以往，已經不是，而且再也不可能變回那個在鎮上排球瓶、躲避霸凌，並在圖書館找到些許清醒與庇護的男孩。

但他依然還不是後來的他。

旋轉墜落

軍方讓男孩上了一個又一個的課程。勝利女神飛毛腿型防空飛彈導引與發射系統、勝利女神力士型導引系統、伍長飛彈、「誠實約翰」飛彈、Q－10雷達、TPS－25雷達、紅石飛彈等等、等等……

這些武器全都是用來讓人旋轉墜落。

最後他被送進核子彈頭訓練班，所有人和一位非軍方人士鎖在一個房間裡，那人是個老菸槍，連口袋蓋都和牙齒染得一樣黃。他向他們展示那項終極武器，武器本身約莫壘球大小。那人說如果**正確地**發射……

他用了「正確」二字，語氣短促有力，顯然在他腦子裡就是以粗體字呈現。

……如果**正確地**發射這項武器，將會把整座城市夷為平地。那人淡淡一笑，彷彿對自己說的話，對於這段將整座城市夷為平地的發言，略感尷尬。

男孩暗想：上帝啊。

幾乎像在祈禱，卻又不完全是。

他暗想：上帝啊。

那能讓整座城市旋轉墜落。

上完種種課程後，他進入各單位修理電腦，發射一枚又一枚飛彈。就在志願服役的三年即將到期時，他說巧不巧被升為中士，不過和葛林姆中士不一樣，雖然階級相同，卻不是負責訓練作戰士兵，而是負責高科技武器的特等中士，實現他作為高科技部隊春夢的宿命。

但即使當上了中士，他仍未完全改變，仍未破繭而出脫離青春，直到被派往德州的布利斯堡。他在那裡的任務是訓練其他人使用高科技武器，讓更大量的人旋轉墜落。

此時改變終於發生。

那裡有一些三十好幾、四十出頭的老人，打過二次大戰與韓戰，後來留下來當職業軍人。他們就快要退伍了，然而越戰即將爆發，其中有一部分人會死在戰爭中，但事情尚未發生，他們想增進科技知識、提升軍階，以便多拿一點退伍金。一個月多二十塊錢，也可能多五十塊錢。

可是他們當中許多人，或者該說大多數人，教育程度低下，從小在困苦的環境中工作，後來又被徵召入伍，無法去上學或去圖書館，因此上課有不少問題。

他們被分派到老舊而龐大的裝甲軍營，遇見了男孩，便請他幫忙他們通過測驗，男孩說他願意，也努力地幫助他們。男孩沒替他們上課時，有很多人晚上會留在軍營裡，在個人用品箱上鋪上毯子玩撲克牌賭點小錢，一面喝著用玻璃罐裝的清澈酒精飲料。

男孩雖是中士，卻不是他們的長官，他沒有加入他們，只是坐在一旁看著他們穿著內衣，邊打牌邊慢慢地、非常老練地喝著一升裝罐子裡的酒。男孩看見了他們的疤痕。

有身體傷口留下的疤痕，但更多更多的是靈魂的疤痕，永遠不會消退，就好像他們的核心、他們生命的中心點，已經旋轉、墜落，以至於內心有一部分已死，再也活不過來，於是他們永遠無法比當初留下疤痕的時候更有長進，永遠無法成長。

他不希望自己變得像那樣。

他想要成長、想要進步、想要做更多事，而不只是坐在個人用品箱旁邊，喝著玻璃罐裝的清澈的酒，並低聲談論早已結束、早已打完的仗。

他不可能像他們這樣，也不可能只活在自己的過去。他想往前看，看看翻過下一座山有些什麼，看到以後，他還想繼續前進，去看下一座再下一座再下一座山。

他的確這麼做了。

他不再是男孩，他度過並充實了無數年月，看遍數以千計的山陵、海洋、森林、高山與都市，看到了一些醜陋與更多的美，還有人，天啊，那麼多的人，直到最後他終於到了一定年紀，到了老邁的年紀，然後是又更老邁的年紀。

八十年。

光輝燦爛的八十年，扎扎實實充滿生氣。

有一天，住在新墨西哥州山上小屋裡的他打開一個舊盒子翻看，裡面都是他不斷遷移的一生中所留下的東西，其中他看見一本陳舊的藍色「書寫」筆記本，這本子不知怎地竟跟了他一輩子。他拿起筆記本打開來，發現裡面有個被獵人殺死的鹿的故事，那是他為那個圖書管理員而寫的。

但不只如此，還有其他部分，故事雖然寫完了，在那後面卻還有許多空白頁。頁面已經褪色，但仍看得出線條，經過這許多年後，那些美麗的線條仍然在呼喚他、挑戰他，於是他坐下來，找到一枝鉛筆，心想：

管他的。

不如就來寫點什麼吧。

來自作者的一封信

親愛的讀者：

我會寫這本《手斧男孩．落難童年求生記》，是因為發現我童年裡的某些小故事還不曾出現在自己的筆下。關於成長對我而言是什麼樣子，我曾經這裡一點、那裡一點地寫過，書寫體裁有小說也有記實，但是……

但是這些年來，有幾個故事一直被我留在心底。並非刻意這麼做——我自己甚至都沒有意識到我遺漏了它們，直到有天我翻到一個放置舊物的舊箱子，在裡頭找到了一本又破又舊的筆記本，整本都已經褪色了，還皺巴巴的，接著所有的回憶便如潮水般湧來。因此我寫下了和西格與愛蒂共度的那個美好夏季，還有在菲律賓與父母一起度過的幾年糟糕時光。我也寫下了鵝群和鯊魚，寫下如何從惡霸和酒醉的父母身邊逃走，寫下如何迷上閱讀進而愛上寫作……

這本書是為了你們這些多年來讀著我的書並與我分享自身故事的讀者而寫的。如果你們願意繼續讀，我就會繼續寫，讓我們一起繼續跳著這支文字之舞。

你的朋友

蓋瑞．伯森

手斧男孩 冒險全紀錄（十萬冊紀念版）

★誠品書店年度TOP100青少年類第一名！
★博客來網路書店年度百大！
★美國最受年輕讀者歡迎的作家之一蓋瑞・伯森最膾炙人口的系列作品！
★騙倒《國家地理雜誌》的13歲男孩求生傳奇！
★美國紐伯瑞文學大獎（Newberry Honor Books）肯定！
★暢銷全球2,000,000冊！

手斧男孩 首部曲

★博客來網路書店親子共享類暢銷排行第二名

吃漢堡長大的13歲紐約少年布萊恩，因飛機失事，墜落在杳無人煙的森林中。他幸運逃過一死，卻必須獨自面對絕望、恐懼、大黑熊、不知名的野獸，沒有食物、沒有手機和無線電，身上唯一的工具，只有一把小斧頭，布萊恩如何面對前所未有，且關乎存亡的挑戰？

手斧男孩2 領帶河

這一次，布萊恩不再是孤獨一人，政府派來的心理學者德瑞克將陪他進行觀察並記錄下一切。可是，一場暴風雨中，德瑞克被閃電擊中，昏迷不醒，無線發報機也失靈！布萊恩必須帶著命在旦夕的德瑞克到百英里外求救。布萊恩唯一的機會是一艘木筏和一張地圖，順著河流，一場與時間相搏的河上求生，慌張開跑……

手斧男孩❸另一種結局

蓋瑞．伯森改變了布萊恩在《手斧男孩》中終於獲救的結局，並隨著嚴冬來到，他讓布萊恩面對更嚴峻的挑戰。置身大雪冰封的森林之中，孤獨一人的布萊恩如何面對致命的嚴冬？如何讓自己生存下去？

手斧男孩❹鹿精靈

經過大自然的重重試煉後，布萊恩回到現代化城市，卻感到比在荒野之中更孤立無援。唯一的解決之道就是，必須重回荒野大地，只有回到曠野之中，布萊恩才能找回自己真正的生命道路。

手斧男孩❺獵殺布萊恩

勇敢面對重重考驗之後的布萊恩，對於大自然的愛遠甚於所謂文明世界。一天，當他紮營在森林中一處湖畔時，意外發現了一隻受傷的小狗。當布萊恩悉心照料這隻小狗時，也想起了住在營地北方的克里族友人。直覺與不安告訴布萊恩，必須盡速趕往北方。北方森林裡肯定出事了，帶著忠心的新夥伴，布萊恩展開了一場救援朋友的狩獵行動。

手斧男孩❻英語求生100天：手斧男孩中英名句選

讀《手斧男孩》不只可以學到野外求生技巧，也不只是看到布萊恩面對挑戰時的勇氣與機智。讀《手斧男孩》還可以學英文！作者蓋瑞．伯森擅長流暢簡練的英文，是學習英文的極佳範本，跟隨《手斧男孩》精采的情節前進，也讓你的英文向前衝！

故事盒子 66

手斧男孩
Gone to the Woods
Surviving a lost childhood

落難童年求生記

作者　蓋瑞・伯森 Gary Paulsen
譯者　顏湘如

野人文化股份有限公司
社長　張瑩瑩
總編輯　蔡麗真
副主編　陳瑾璇
責任編輯　李怡庭
專業校對　林昌榮
行銷企劃經理　林麗紅
行銷企劃　蔡逸萱、李映柔
封面設計　李東記
內頁排版　洪素貞

讀書共和國出版集團
社長　郭重興
發行人兼出版總監　曾大福
業務平臺總經理　李雪麗
業務平臺副總經理　李復民
實體通路組　林詩富、陳志峰、郭文弘、吳眉姍
網路暨海外通路組　張鑫峰、林裴瑤、王文賓、范光杰
特販通路組　陳綺瑩、郭文龍
電子商務組　黃詩芸、李冠穎、林雅卿、高崇哲、沈宗俊
專案企劃組　蔡孟庭、盤惟心
閱讀社群組　黃志堅、羅文浩、盧煒婷
版權部　黃知涵
印務部　江域平、黃禮賢、林文義、李孟儒

出版　野人文化股份有限公司
發行　遠足文化事業股份有限公司
地址：231新北市新店區民權路108-2號9樓
電話：（02）2218-1417　傳真：（02）8667-1065
電子信箱：service@bookrep.com.tw
網址：www.bookrep.com.tw
郵撥帳號：19504465遠足文化事業股份有限公司
客服專線：0800-221-029
法律顧問　華洋法律事務所　蘇文生律師
印製　成陽印刷股份有限公司
初版首刷　2022年1月

國家圖書館出版品預行編目資料

手斧男孩・落難童年求生記：紐伯瑞文學獎暢銷作家 Gary Paulsen 自傳小說 / 蓋瑞・伯森（Gary Paulsen）著；顏湘如譯. -- 初版. -- 新北市：野人文化股份有限公司出版：遠足文化事業股份有限公司發行, 2022.01
面；　公分. --（故事盒子；66）
譯自：Gone to the woods : surviving a lost childhood.
ISBN 978-986-384-597-3（平裝）
ISBN 978-986-384-598-0（PDF）
ISBN 978-986-384-599-7（EPUB）

874.59　　110015142

野人文化
官方網頁

野人文化
讀者回函

手斧男孩・
落難童年求生記

線上讀者回函專用 QR CODE，你的寶貴意見，將是我們進步的最大動力。